シェイクスピア 作
大場建治 訳

研究社シェイクスピア・コレクション 2

真夏の夜の夢

研究社

目次

真夏の夜の夢

登場人物

シーシアス　アテネの支配者
ヒポリタ　アマゾン族の女王、シーシアスの婚約者
ライサンダー
デミートリアス　｝ハーミアを恋する青年
ハーミア　ライサンダーを恋する娘
ヘレナ　デミートリアスを恋する娘
イジーアス　ハーミアの父
フィロストレート　シーシアスの宮廷祝宴局長
ピーター・クインス　大工
ニック・ボトム　機織り
フランシス・フルート　鞴《ふいご》直し

登場人物

トム・スナウト　鋳掛屋
ロビン・スターヴリング　仕立屋
スナッグ　建具職人
オーベロン　妖精の王
ティターニア　妖精の女王
ロビン・グッドフェロー、　オーベロンの従者
　またの呼び名パック
豆の花
蜘蛛《くも》の糸
羽虫の精
芥子《からし》の種
　　ティターニアに仕える妖精たち
廷臣たちと従者たち
妖精たち

［第一幕第一場］

シーシアス、ヒポリタ、フィロストレート、従者たち登場。

シーシアス　さて美しいヒポリタ、われら二人の婚儀のときも
いよいよ間近、あと四日楽しみの日を重ねれば
新月の晩が来る。だがこの古い月の欠けるののなんとのろいことよ。欲情をじらす無粋な月、
これではいつまでも居坐って若者の財産を
すりへらす継母か寡婦《やもめ》にそっくりだ。

ヒポリタ　四日の昼はたちまち夜の闇に沈みましょう、
四日の夜もたちまち夢の間に過ぎ去りましょう。
するともう新月が、銀の弓のように
また天空に引きしぼられて、二人の婚礼の夜を
見守ってくれるのです。

シーシアス　ようしフィロストレート、
余興となればアテネの若者たちだ、
陽気なお祭り気分をひとつ盛り上げてきてくれ。
憂鬱な顔はこの際葬式の方に回ってもらおう。
せっかくの祝賀の行列に陰気な手合いはご免こうむる。

［フィロストレート退場］

なあヒポリタ、わたしの求婚は剣《つるぎ》の舞、
ずいぶん乱暴をして無理にも承知させたが、
結婚の方はひとつ別趣向でいこう、
行列に、お祭り騒ぎ、それに宴会の連続だよ。

イジーアスとその娘ハーミア登場、ライサンダーとデミートリアス続く。

イジーアス　シーシアスさまにはご機嫌麗しく恭悦至極に存じます。
シーシアス　やあイジーアスか。何かあったのか。
イジーアス　ほとほと困《こう》じ果てて罷《まか》り出でました。これなる娘のハーミアを訴え出ようとはなあ。
これデミートリアス、前に出なさい。これが殿《との》、
わたくしが娘の婿がねに定めた男でございます。
これライサンダー、前に出なさい。ところが
この男が娘の心をたぶらかしおりました。
やいやい、ライサンダー、お前は娘に恋の歌を贈ったな、
恋の誓いの品々を娘と取り交したな。
月の夜の窓の下で歌など歌う、
甘ったるい声、甘ったるい恋の文句。
お前の姿を娘の心に刻み込む盗人《ぬすっと》まがいの小道具は、
髪で編んだ腕輪、指輪、金ぴかものの金めっき、
安物おもちゃのがらくたに、花束にお菓子と揃えれば、
ただでさえ柔らかな若い胸には抗《あらが》いがたい恋の使者。
お前は手練手管でそうやって娘の心をくすねたのだ、
父親たるわたしに示すべき子の従順を、

手に負えぬ強情に変えたのだ。ああわが君、
娘がわが君の御前《おんまえ》にてデミートリアスとの結婚に
同意するならばそれでよし、同意せぬとあれば、
ここアテネには古くから特権というものがございましょう、
娘は父親たるわたくしのもの、好きなように処置いたします、
すなわちこの青年に引き渡すか、はたまた
死神に引き渡すか、かような場合わが国の法律は
さよう厳格に定めておるかと存じます。

シーシアス　どうだハーミア、よくよく考えるがよい。
お前にとって父親は神のごときものだ、
お前のその美しさの造り主、さよう、
お前はいわば蠟《ろう》に刻まれた人形もどき、
形をそのまま残すのも、形をひと思いに毀《こぼ》つのも、
すべてはその手にゆだねられている。
デミートリアスはりっぱな青年ではないか。

ハーミア　ライサンダーもそうでございます。
シーシアス　　　　　　　　　　　　　　　　人物としてはそうだ。
だがな、こうした問題ではな、父親の承諾を得ている以上
もう一人の方がもっとりっぱと言わざるをえん。
ハーミア　父がわたくしの目を見てくれたならと思います。
シーシアス　それよりお前の見る目に父親の分別を持たせなさい。
ハーミア　どうかお情けをもちましてお許し下さい。
どうしてこのような大胆な振舞に及べるものやら、
畏《おそ》れながらわが君のご面前で自分の考えを申し立てるなど
娘の慎みを欠くとはようく存じておりますが、
どうかお情けをもちましてお教えいただきとうございます、
デミートリアスとの結婚を拒んだ場合、
わが身のこうむる最悪の事態は何でございましょうか。
シーシアス　死刑か、それとも永久に
男との交わりを絶つか。

なあハーミア、よくよくその胸に手を当てて考えてみなさい、
青春の輝き、情熱の喜び、
いま父親の選択に従わなければ、
修道女のお仕着せが待っているのだよ、どうだ
耐えられるかな、暗い修道院の永遠の
人屋《ひとや》、神に仕える石女《うまずめ》の生涯、
冷たい無情の月に向こうてのか細い讃美歌。
それはなあ、みずから情熱を禁じた巡礼の旅となれば
神の豊かな祝福も授かるものではあるであろう、
だがな、薔薇の花は摘《つ》まれ香料を残してこそ地上のしあわせ、
それをあたら処女の棘《とげ》のまま、ひとり身の祝福とやらを
願うて、地上の生に背を向けて立ち枯れるなど。

ハーミア　いいえ、地上の生に背を向けても悔いはございません、
処女として生きる特権を、好きでもない夫に引き渡して、
軛《くびき》に掛けられたご家来衆みたいに引き回されるのは、

心底からわたくしはいやでございます。
シーシアス　しばらく考えてみなさい。そうだ、次の新月までに、
それは愛し合うわれら二人が永久《とわ》に
変わらぬ契りを結ぶその固めの日であるが、
その日までに、父親の意向に背いて
死刑になるか、または父親の望むデミートリアスと
結婚するか、はたまた月の女神ダイアナの祭壇に
額《ぬか》づいて生涯不犯《ふぼん》独身の誓いを立てるか、
いずれなりと覚悟を決めるのだぞ。
デミートリアス　わかったねハーミア。それにライサンダーもだ、
君の権利は疵物《きずもの》なんだよ、ぼくの方は万全だ。
ライサンダー　デミートリアス、君はお父さんに愛されている、
ハーミアの愛はぼくに任せてお父さんと結婚することだね。
イジーアス　よくも言うたな、ライサンダー、いかにもわしの
愛するのはこの男だ、わしの財産を愛する者に引き渡して

なんの不都合がある。娘とて同じこと、娘に対する
父親の権利はすべてデミートリアスに与える。

ライサンダー 殿、わたくしもこの男と同等の生れです、
財産も同等、愛情ははるかに勝ります。
身分地位のどこを取っても、あえて以上とは申しませんが、
デミートリアスと十分に釣り合うかと存じます。
それに、何にもまして誇らしく自慢できますのは、
美しいハーミアに愛されているということ。なのに
どうしてそのわたくしが、当然の権利を追求できぬのでしょう？
デミートリアスは、この際この男の目の前ではっきりと
申しますが、ネダの娘ヘレナに言い寄って、
恋心をかち取ったのでございます。ああ、かわいそうなヘレナ、
今でもこの汚らわしい浮気男を、まるで神さまに
崇《あが》めて、慕って慕って慕い抜いています。

シーシアス たしかにわたしもその話は耳にしておった、

デミートリアスともいずれ話し合おうと思っていたのだが、
身辺がなにかとあわただしすぎて
失念していた。ともあれデミートリアス、ついて参れ。
それにイジーアス、お前もだ、
二人には内々とくと申し聞かせることがある。
それではハーミア、よくよく考えてお前の気持を
ぜひ父親の意向に添わせるようにしなさい。
なにしろアテネには法律というものがある、
君主たるわしの力をもってしても曲げることはできぬ、
死刑か、生涯独身の誓いか、そのいずれかだぞ。
どうしたヒポリタ、浮かぬ顔だが？
さあデミートリアス、イジーアス、一緒に参れ、
われら二人の結婚の準備に
少々手伝ってもらわねばならぬ。それにお前たちに
関することで直接相談しておきたい。

イジーアス　かしこまってございます。

［ライサンダーとハーミアを除き全員退場］

ライサンダー　どうしたの、愛する人？　どうしてそんなに蒼い顔をしているの？
頬《ほお》の薔薇の花はどうしてそんなに早く色あせてしまったの？
ハーミア　きっと雨が降らないから。両の目から
いまにも大雨を降らすことができるっていうのに。
ライサンダー　ああ！　ものの本で読んでみても、
物語や歴史に尋ねてみても、
真実の恋はけして滑らかには進まない。
生れが違うだとか――
ハーミア　切ないわ！　身分の上下で結ばれないだなんて。
ライサンダー　歳が釣り合わないだとか――
ハーミア　ひどい！　歳の差で別れ別れだなんて。
ライサンダー　親や親戚に選ばれるだとか――
ハーミア　いやだわ！　恋は自分の真心なのに。

ライサンダー　真心の恋が成就したとしても、
戦争や、死や、病気に攻め囲まれて、
しあわせもあわれ玉響《たまゆら》の音《ね》、
影のように素早く、夢のようにはかなく、
闇の夜に光る稲妻のように短く、
そう、一瞬のはっとする間《ま》、天と地の姿を明々《あかあか》と
示したかと思うと、あれ光ったと叫ぶ前には
もうその姿も巨大な暗黒の中に呑み込まれてしまう。
ああ、花の命のなんと束《つか》の間のこと。
ハーミア　真実の恋人たちが困難に会うのが常ならば、
それはいっそ運命の掟なのです。
ならば二人して試練に忍耐を教えましょう、
忍耐とても恋の常、
恋にはね、もの思い、夢、溜息、望み、涙が
付きものなの、みんなあわれな恋のお供たち。

ライサンダー　よくぞ言ってくれた。では聞いておくれハーミア、
ぼくに寡婦《やもめ》の叔母がいる、大層な財産を
受け継いでいて、しかも子供がいない。
家はアテネから七リーグほど、
それがぼくを一人息子のように可愛がってくれてね。
そこでならハーミア、君と結婚できるさ、
いくら厳しいアテネの法律でもあそこまで二人を
追いかけられっこない。ねえ、ぼくを愛してくれるのなら
明日《あした》の晩、お父さんの家をこっそり抜け出してきておくれ、
ぼくの方は森で待っている、町から一リーグ離れた、
ほら、いつかヘレナも一緒に君と会っただろう、
五月祭の朝のお祝いをするんで。
あそこで君を待っているから。

ハーミア　ああわたしのライサンダー、
わたし誓います、キューピッドのいちばん強い弓にかけて、

金の鏃《やじり》のいちばんみごとな矢にかけて、
ヴィーナスの車を引く汚れない鳩にかけて、
心と心とを結び合わせ恋を実らせる無垢なるものにかけて、
カルタゴの女王が身を焼いたあの紅蓮《ぐれん》の炎にかけて、
不実なトロイア男の船出を見送ったあのときの炎にかけて、
そう、不実な男という男が破ったすべての数の恋の誓いにかけて、
そう、女という女が守り通したよりもずうっと多いその数にかけて、
いまあなたの決めた場所で
きっとあなたを待っています、明日《あした》の夜に。

ライサンダー　じゃ約束だよ。おやヘレナが来た。

ヘレナ登場。

ハーミア　あら美しいヘレナ、どちらへ？

ヘレナ　美しいですって？　美しいなんて言わないで。
デミートリアスの愛するのはあなたの美しさ。いいわよねえ！

あなたの目はきらきら煌《きら》めく二つ星、あなたの声は甘い歌、
羊飼いたちの聞くひばりの歌、
麦の穂は一面に青く、さんざしの芽のほころびる頃。
病気は移るっていうけれど、なら器量だって移るといい、あなたの
その愛される美しさを、今ここで移してね、美しいハーミア。
その声をわたしの耳に、その目をわたしの目に、
その舌の甘い調べをわたしの舌に。
全世界がわたしのものなら、あなたになるために
全部をあなたにあげる、デミートリアスだけ取っといて。
ねえ、教えて、あなたの流し目、あなたの手管、
デミートリアスの心をとろかすあなたの手妻《てづま》。

ハーミア　しかめっ面をするの、でも愛してるって言うの。

ヘレナ　ああ！　あなたはしかめっ面なのにわたしは笑顔なのよ。

ハーミア　さんざ毒づいてやるの、でも愛してるって跪《ひざまず》くの。

ヘレナ　ああ！　わたしは祈るの、跪いて祈りを捧げるのよ。

ハーミア　憎めば憎むほど追っかけてくるの。
ヘレナ　ああ！　愛すれば愛するほど遠くへ逃げていくのよ。
ハーミア　あの人のばかな真似はわたしのせいじゃない。
ヘレナ　いいえあなたの美しさのせい、ああわたしのせいにしたい！
ハーミア　安心してね、あの人はもうわたしに会うことはないのよ、
ライサンダーとわたしはこの場所から逃げていくのよ。
ライサンダーと会う前は
ここアテネはわたしの楽園。
だけどこの人にどんな力があるものやら、
天国を地獄に変えてしまった。
ライサンダー　ヘレナ、あなたには打ち明けておきましょう、
明日《あした》の夜、月の女神が水の鏡に映った
白銀《しろがね》のわが面《おもて》をじいっと見つめる頃、
草の葉に真珠の露が縁飾りをする頃、
それは恋人たちのひそやかな道行《みちゆき》のとき、

ぼくたちはアテネの門を抜け出す手はずなのです。

ハーミア　そらあの森ね、あなたとわたしと、
うす色の桜草の堤《つつみ》をしとねにして、
青春の胸の思いを打ち明け合った、
あそこでライサンダーと待ち合わせるのよ。
アテネの方にもう目を向けることはないわ、
これからは新しい友だち、見知らぬ人たち。
さようなら幼な友だち、二人のために祈って下さい、
わたしもあなたがデミートリアスと結ばれるよう祈ってます。
じゃきっとよ、ライサンダー、また会えるのは明日《あす》の真夜中、
それまでの二人は愛の絶食。

ライサンダー　きっとだともハーミア。

［ハーミア退場］

ヘレナ、さようなら、
君がデミートリアスを愛するように彼も君を愛するように。

［退場］

ヘレナ　しあわせはどうしてこうも違うのかしら、
アテネじゅうの美人となればわたしもハーミアも同じこと、
でもなんにもならない、デミートリアスの目にそうみえなければ。
あの人の思うことったらまるででたらめよ、
でたらめが嵩《こう》じてハーミアの目に首ったけ、
でもわたしだってあの人の全部にもう首ったけ。
恋はどんなに卑しくて醜くて不恰好なものでも、
立派な気高いものに変えてしまう。
恋は目ではなくて心で見る、
だから羽をつけたキューピッドは盲目の絵姿。
あの神さまには判断力のかけらもない、
つまり翼と盲目は無鉄砲でせっかちなしるし。
あの神さまが子供に描かれるのも、
選ぶのにしょっちゅう間違いを犯すから。
町のやんちゃ坊主はいたずら半分に嘘をつく、

あの恋の坊主はどこでだって嘘をつく。
デミートリアスもハーミアの目を見るまでは
恋の誓いをこのわたしに雨あられ。
それがどう、そのあられもハーミアに熱くなったら、
雨はぱったり止んで、あの人ったら溶けた雪だるま。
ようし、あの人にハーミアの駈落ちを教えようっと、
きっと明日《あした》の晩にハーミアを追っかけて
森へ行く。知らせてあげれば
喜んでくれるだろうけど、わたしには高い買物。
でもうれしいのよ、どんなに高くついたって
行き帰りあの人の姿が見られるのなら。

［退場］

［第一幕第二場］

クインス、スナッグ、ボトム、フルート、スナウト、スターヴリング登場。

クインス　全員揃ったかね。

ボトム　その書付けどおり一人一人総、括、的に呼んでみたらどうかね。
クインス　これはアテネじゅうで芝居をやれる適任者全員の名簿だ、殿さまと奥方さまの婚礼の夜、御前上演の芝居のな。
ボトム　じゃピーター・クインス、その芝居の中身をまず聞かせてくれよ、それから役者の名前を読み上げてだな、いわゆるその、要点に入ってもらおうじゃないか。
クインス　よしきた、芝居の題は「悲哀涙の喜劇、ピラマス・シズビー無情の最期」。
ボトム　そいつは傑作に違いねえ、それに滅法愉快なやつだ。それじゃピーター・クインス、名簿の役者を呼び出しておくんな。ほうらみんな、並んだ、並んだ。
クインス　呼ぶから返事を頼みますよ。機織《はたお》り職ニック・ボトム。
ボトム　ほいきた。おれの役を言ったらお次の番だ。
クインス　ニック・ボトム、あんたはピラマスだ。
ボトム　ピラマスってのは何だね？　二枚目かい、敵役かい。
クインス　二枚目も二枚目、恋のために自害する、いい役所だよ。
ボトム　そいつは本気でやるとなったらお涙頂戴とくるぜ。このおれがやるんだからな、お客はお目目にご用心だ。涙の大嵐が巻き起こるぞ、ちょいとした愁嘆場になるぞ。さあてお次の番――だが、おれのほんとの得意は敵役なんだけどな。目を剝《む》くとなったらまかしておきな、獅子奮迅の暴れ役、小屋じゅうがひっくり返るぞ。

岩石轟然《ごうぜん》と怒号し
泰山鳴動すれば、
牢屋《ろうおく》の城門
瞬時にして開扉《かいひ》す、
日輪光明を運んで
燦々《さんさん》と輝き出《いだ》せば、
愚かなり運命の女神ら
慴伏《しょうふく》して霧消す。

どうだね、高尚だろう。よしと、あとの役者の名前を呼んだり。うん、これが目を剝《む》くってなもんだ、暴れ役にぴったりだ。二枚目となると、もっとしんみりとな。

クインス　鞴《ふいご》直しフラーンシス・フルート。

フルート　ここだよ、ピーター・クインス。

クインス　フルート、あんたにはシズビーをやってもらおう。

フルート　シズビーて何だね？　諸国遍歴の騎士かい？

クインス　ピラマスが恋をするお嬢さまだよ。

フルート　そいつは無理だ、女役は勘弁してくれ、髭《ひげ》が生えてきてるんでね。

クインス　構わないとも。上流のご婦人は顔にヴェールを被って出かけるからな。ま、声だけはひとつうんと細くしておくんなさい。

ボトム　顔が隠せるんならシズビーもやらせてくれよ。蚊の鳴くみてえなか細い声でやってみせる、「シズちゃん、シズちゃん」、「あい、ピラマス、わたしの恋人、わたしゃあなたのシズビーよ、あなたの心の妻なのよ」。

クインス　だめだ、だめだ、あんたはピラマスだ。フルート、あんたがシズビー。

ボトム　だめかねえ。じゃ次。

クインス　仕立屋ロビン・スターヴリング。

スターヴリング　ここだよ、ピーター・クインス。

クインス　ロビン・スターヴリング、あんたはシズビーの母親。鋳掛屋トム・スナウト。

スナウト　ここだ、ピーター・クインス。

クインス　あんたはピラマスの父親。それでわたしがシズビーの父親と。建具職のスナッグ、あんたにはライオンをやってもらいましょう。さあて、これで配役が終りましたな。

スナッグ　ライオンの台詞はもうできてるのかね。できてんだったら渡して下せい。おれは覚えが悪いもんでね。

クインス　なあに、覚えることはないさ、ただ唸《うな》ればいいんだ。

ボトム　おれにライオンもやらせてくれねえかなあ。おれは唸るぜ、おれの唸り声を聞きやだれだってもううっとりするぜ。そうとも、唸るともさ、殿さまはきっと言いなさる、「あの者に唸らせよ、もう一度唸らせよ」。

クインス　あんたの唸り声があんまり恐ろしくって、奥方さまもお付きのご婦人がたもきゃあきゃあきっと大騒ぎになるよなあ。そしたらおれたちみんな縛り首だ。

一同　そうとも、縛り首だ、みんな揃って縛り首だ。

ボトム　そりゃまあ相手がご婦人で、これが正気をなくしたとなりゃ、もう法律もなにもあるもんか、ただもう縛り首って騒ぐに決まってる。だがな、おれは音域を強化してだな、犬撫で声の甘っちょろい声で唸ってみせる、みんなナイチンゲールの鳴き声だって言うぞ。

クインス　あんたはピラマスだけだ。いいかね、ピラマスってのはいい男で、だれだってうっとり見返るような男前だよ、二枚目で、紳士の中の紳士だ。あんたを措《お》いてピラマス役者はいないよ。

ボトム　そうかい、じゃあ引き受けるとするかい。髭《ひげ》はどんな色がいいものかねえ？

クインス　好きな色にすればいいさ。

ボトム　やりいいとなると麦藁《むぎわら》色の髭かな、こげ茶色かな、真っ赤っかってのもあるな、うん、フランス金貨の金ぴか色ってのはどうだろう。

クインス　金ぴか色はフランスの連中の頭だよ、あの病気で髪のないつるっぱげが多いからね。あんたもつるつるの髭なしでどうかね。じゃみんな、台詞の抜き書きを渡しますよ。さてとここで懇願、切望、要望と願いまして、どうか明日《あした》の晩までに台詞をちゃんと入れて、折から月夜の宮殿の森に集まってもらいましょう、町からほら一マイルほど離れた。あそこで練習しますからね。町の中で集まったりしたらみんなが寄ってたかって、せっかくのおれたちの計画がばれてしまいますから。それまでにわたしの方は芝居に出てくる道具を書き出しておくとして、さあみんな、約束、約束。

ボトム　みんな忘れるんじゃないよ。うん、あそこなら大いにワイセツかつ大胆に練習できる。ようし、台詞はちゃんと入れておくんだぞ。じゃあな。

クインス　殿さま樫《がし》の下だよ、集まるのは。

ボトム　よしきた。男なら後れを取っちゃならねえぞ。

［一同退場］

［第二幕第一場］

一方の登場口から妖精が、他方の登場口からロビン・グッドフェローが出る。

ロビン　おや、妖精じゃないか、どこへ行くんだい？

妖精　丘を越え、谷を越え、

茂みを抜け、藪《やぶ》を抜け、

柵を越え、囲いを越え、

水をくぐり、火をくぐり、

駆けて回るのどこへでも、

月の光よりまだ早く。
お后《きさき》さまのお言い付け、
草地に夜露の輪をつくるの。
九輪桜はご家来衆、
上着に光る紅玉《こうぎょく》は、
　ご主人さまの思し召し、
　粒ごと匂うかぐわしさ。
さあ、それでは露の雫《しずく》を集めなければ、
九輪桜の耳に真珠の玉を飾るのだから。
さようなら、田舎の妖精さん、こっちは急ぎなの。
お后さまがお供を連れてこっちに来るところなの。
ロビン　王さまが今夜ここで宴会をなさる。
お后は近づかぬようご用心、
なんたってオーベロンさまは癇癪《かんしゃく》でぷりぷり、
そら、お后のお小姓にかわいい男の子がいるだろう、

インドの王さまから盗んできた、
あんなきれいな子はお后だってはじめてだ、その子を
オーベロンさまは焼きもちほっかほか欲しくてたまらない、
お付の家来の行列に飾って森じゅうを練り歩きたいのさ。
ところがどっこい、お后の方はどうしたって手放せない、
花の冠を頭に被《かぶ》せて、もう目の中に入れても痛くない。
そこでさ、お二人が鉢合せをしてみろ、森や野や
澄んだ泉、きらきら光る星月夜、
いつでもどこでも大喧嘩、お付の妖精たちはもうぶるぶる震えて
どんぐりの笠の中にもぐり込んで顔を見せようとしない。

妖精　その形《なり》、その姿、もうまちがいないわよね、
あなたの名前はロビン・グッドフェロー、いたずらとなったら
手がつけられないって評判の妖精さん。
あなたでしょう、村の娘たちをおどすのは、
牛乳の上澄みを掬《すく》い取る、ときには碾臼《ひきうす》の空回し、

汗水たらした女房のバターつくりを無駄にする、
ビールだって泡が出ないようにするっていうじゃない。
夜中に旅人を迷わせて難儀に手を叩いて笑うのもあなたなら、
かわいい悪戯《いたずら》さんとか、かわいいパックちゃんとか呼ばれれば、
仕事を助けてやるわ、幸運を授けてやるわ、それもやっぱり
あなたなのよね。どう、図星でしょう。

ロビン　　　　　　　　　　図星も図星、
そのとおり、おいらは夜の遊び人、
オーベロンさまの道化役、笑いを引き出すいたずらの数々、
びんびん肥って張りきった種馬のそばで、
ひいひい鳴いてみせるのさ牝馬の声で、
かと思うと焼きりんごに化けて
おしゃべり婆さんのコップの中、
婆さんぐいっとひと飲みすれば、舌の先でぴょん、
しなびた婆さんのおっぱいはぐっしょぐしょ。

またあるときは三脚椅子、まじめくさった婆さまの
いよいよ始まる長談義、おいらを椅子とまちがえて、
尻を乗せようとしたとたん、ひょいと外せばどしんと尻もち、
「こん畜生」ってどなってこんこん咳き込む、
するとどうだい、周りの婆さん連は腹をかかえて大笑い、
げらげらげらげらあげくの果に水っ洟《ぱな》拭き拭き
「こんなおかしいのははじめてだよ」って言い出さあ。
だが退《ど》いたがいいぜ妖精さん、そうらオーベロンさまのお出ましだ。

妖精　あ、こっちからお后さま。なんだってここに王さままで。

一方の登場口からオーベロンがお供を連れて出る。他方の登場口からティターニアがお供を連れて出る。

オーベロン　月明りのもと悪い出会いだな、高慢なティターニア。

ティターニア　あら、焼きもち焼きのオーベロン。みんな行こう。
この人とはもう寝ない、一緒にいないって誓ったのだから。

オーベロン　待て、わがままの強情女、わたしはお前の夫だぞ。

ティターニア　じゃわたしはあなたの妻なのかしら。
そんならねえ、妖精の国を抜け出して、
羊飼い姿で日がな一日、麦笛なんか吹いてさ、
恋の歌を歌ってたのはどこのどなたかしら、色気たっぷりの
あんな羊飼い娘と。それで今度はどうしてわざわざ
出てきたの、はるかインドの高い絶壁から？
きまっているわよ、あのはねっ返りのアマゾン女、
長い脛当《すねあ》てをして走り回るあの女武者があなたの愛人だった、
それがシーシアスに嫁ぐというので、二人の新床《にいどこ》に
祝福と繁栄を与えるためなのよ。

オーベロン　恥を知れティターニア、よくもわたしと
ヒポリタの仲をねじ曲げて言えたものだな、
お前こそシーシアスに夢中だったくせに。
シーシアスが手籠《てごめ》にしてまで一緒になったペリジーニア、

あの娘のもとから星明りの夜にシーシアスを連れ出したのはお前だ、
美女イーグリーズとの愛の誓いを破らせたのもお前なら、
アリアドニ、アンタイオパと別れさせたのもお前だ。

ティターニア　ばかばかしい、みんなあなたの妄想よ。
せっかく真夏の初めから、二人が出会えば、そら、
丘の上、谷の陰、森の中、牧場の隅、
底石清らな泉のほとり、葦影色濃い小川の岸辺、
波打つ際《きわ》の砂の浜辺、妖精たちが輪になって
風の口笛に合わせて踊りを踊ろうとすると、きまって
あなたが争いを持ち込む、それで楽しみもめっちゃめちゃ。
みんな争いごとのせい、風の口笛は無駄になった
腹いせに海から毒の瘴気《しょうき》を吸い上げる、
それが地上にどっと降って下りるものだから、
ちょろちょろの小川までもがみんな頭《ず》を高くして
抑えの堤《つつみ》を押し崩してわれがちにあふれ出す。

牛の軛《くびき》の引く犂《すき》もこの争いで無駄な骨折り、
汗水たらした百姓も無駄な働き、緑の麦は
穂の髭の生え揃わぬ子供のうちに立ち枯れて、
水びたしの野原にぽっつんと空《から》の羊小屋、
倒れた羊に烏どもが群がって肥え太る。
陣取り遊びの原っぱの溝だって泥に埋まる、
駆けっこ遊びの曲がりくねった迷路は
草が伸び放題では入り込む子供もいない。
人間たちは冬の方がしのぎやすいと言い出す始末、
だけどクリスマスの讃美歌やキャロルの夜はどこにもない。
みんな争いごとのせい、海の潮を支配する月は
怒りで顔を曇らせ大気を湿らせる、するともう
どこもかしこも風邪ばやりでくんくんぐしゃぐしゃ。
こうした秩序の崩壊から季節の変調が
立ち現れる。霜の白髪頭が

うら若い深紅の薔薇の花を膝枕、
青春の若武者の冠の馥郁《ふくいく》の蕾は
老いた冬将軍の冷たく禿《は》げた頭の上、
まるで漫画みたいに。春に夏、
実りの秋、不機嫌な冬、揃いも揃って常の衣裳を
取り換えるものだから、世間はびっくり仰天、
時節の産物からでは季節がまるでわからない。
こうした禍の子供らは二人の争い、
二人の口論から生じたもの、
わたしたち二人が産みの親なのよ。

オーベロン　そんなら改めなさい。お前が悪いのだ。
なんでティターニアはオーベロンに楯をつく。
たかが攫《さら》ってきた子供を一人、わたしの小姓に
くれと言っているだけだ。

ティターニア　ご安心遊ばせ。

この妖精の国を全部くれたってあの子を売りやしないから。
あの子の母親はね、わたしの修道会の修道女だったの。
香料が鼻をついて漂うインドの夜に、
よく二人寄り添って女同士の話をしたわ。
大海原の黄色い砂浜に坐って
折から海上に船出する商船を見つけたりすると
「ほら、あの帆ったら浮気な風に孕《はら》まされて
お腹《なか》をせり出してる」などと笑い合った。
あの女ったら、ちっちゃな泳ぐような足どりで
船のまねをするのよ、ちょうどわたしのかわいい小姓を
身籠《みごも》っていたその体で。上手な物まね、砂の上の船足、
それで貝殻やなんかいっぱい拾ってわたしのところに戻ってきた、
まるで船荷を満載して港に凱旋するように。
だけど人間てなんてつまらない、あの子を産んで死んだのよ、
あの女のためにわたしが子供を育てた、

あの女のためにも渡せるものですか。

オーベロン　この森にいつまでいる気なのだ？

ティターニア　たぶんシーシアスの婚礼が終るまで。

だまってわたしたちの輪踊りに仲間入りして

月夜の遊びを見物するってのなら、一緒にいらっしゃい。

いやならどこへでもどうぞ、わたしもあなたに近づかないから。

オーベロン　あの子供を寄こせ、そしたら仲間になってやる。

ティターニア　あなたの国をもらっても駄目。さあ行きましょう。

長居は喧嘩になるだけ。

［ティターニアとそのお供たち退場］

オーベロン　行け、行け、勝手に行け。だがお前はこの森から絶対に

出られはせんぞ、いまの侮辱の仕返しを受けんことにはな。

パック、ここへ来い。どうだ、覚えているだろう、

いつかわしが岬の先に腰を下ろして

いるかの背に乗った人魚の歌に耳を傾けていたときを。

甘く美しいその調べには
荒れ狂う海も歌声の間《かん》静まり返り、かと思うと
星々の中には海の娘の歌の聞きたさにその軌道から
狂って落ちたのもあった。

ロビン　　はい、覚えております。

オーベロン　ちょうどそのとき、お前は気づかなかっただろうが、
冷たい月と地球との間を、弓矢で武装した
キューピッドが飛んで行くのをわたしは見た。
狙いの的は西の国、玉座にまします麗しの女王、
今こそ恋の矢を弓弦《ゆんづる》からひょうと放てば、
四万の心の臓をもたちまち射抜くその勢い、
だがなんと、火と燃える恋情《れんじょう》の矢の炎は
みずみずしくも清らな月影にたちまち消し去られ、
的となった清純の女王は恋の思いなどどこ吹く風、
処女の瞑想のうちになにごともなく立ち去られた。

さてキューピッドのその矢はどこに落ちたか。わしは
ちゃんと見届けたとも、それは西の彼方小さな花の上、
乳白のその花は恋の傷で血の赤に変った、
娘たちが「恋の気ちがいすみれ」と呼んでいる花だ。
あれを取ってきてくれ、いつかお前にも教えておいただろう。
あの汁を搾《しぼ》って眠っている瞼《まぶた》の上に滴《た》らせば、
男であれ女であり、目を開けて見た最初の
生き物に恋こがれて狂ってしまう。
いいな、わかったな、取ったらすぐに戻れ、
大鯨の一リーグと泳ぎ進むよりも早く。
ロビン　地球に丸く帯をかけてみせましょう、
四十《しじゅう》と分《ふん》を刻まぬうちに。
［退場］
オーベロン　あの汁を手に入れたら、
ティターニアの眠っているのを窺《うかが》って、
あいつの両の目にたっぷり滴《た》らしてやろう。

そうら、目が覚めて見たすぐのものの、
ライオン、熊、狼、牡牛、
いたずら小猿にせわしない大猿、
恋に狂って追っかけるぞ。
その魔力を取り去るのには別の草、
あいつの目から取り去ってやるその前に、
あの小姓をおれの手に渡させる。
おや、だれか来たぞ。わたしは人間の目には見えない、
どうれひとつあいつらの話を立ち聞きしてやろう。

デミートリアス登場、ヘレナが後を追って出る。

デミートリアス　君を愛していない、だから追っかけないでくれ。
ライサンダーはどこだ？　美しいハーミアは？
一人はぼくが殺す、もう一人にはぼくが殺されている。
君はこの森の中に逃げ込んだって言ったよね、

だがこうしてここまで来たというのに大事なハーミアはいない、
見るのは木ばかりで気が狂いそうだ。
さあ行けったら行け、ついて来ちゃだめだ。
ヘレナ　あなたがわたしを引きつけるの、石の心のその磁石で。
でも引きつけているのはかたくなな鉄ではない、鋼《はがね》のように
真実なわたしの心。わたしをどうしても追い払いたいのなら、
どうかその強い磁力を捨てて。
デミートリアス　ぼくが君を誘惑したか？　甘い言葉をかけたか？
それどころかはっきり本心を言っただろう、
君が嫌いだ、愛することはできないって。
ヘレナ　嫌われれば嫌われるほど好きになるの。
わたしはあなたのスパニエル。ね、デミートリアス、
ぶって、ぶって、ぶたれればぶたれるほど尻尾を振ります。
わたしは犬よ、犬なのよ、だからさあ足蹴《あしげ》にして、たたいて、
ほっといて、忘れて。でもたったひとつだけは許してね、

こんなばかな女だけど、あなたについて行くことだけは。
あなたの愛の陽の当らないほんの片隅で
犬並みに扱っていただくだけで、
わたしにはそこが天国なのだから。
デミートリアス　ぼくの憎しみをかき立てないでくれ、
君を見ているだけで胸がむかついてくる。
ヘレナ　わたしはあなたを見ていないと胸がしめつけられる。
デミートリアス　君の行動は若い娘としての慎みを
踏みにじるものだ、町を抜け出し、君を愛してもいない
男の手にその体をゆだねるなんて。
時はといえば夜の夜中だぞ、しかも人気《ひとけ》のない
淋しい場所だ、どんな邪《よこしま》な気持を起こさないとも限らない、
君は処女という大事な宝をどう考えているのだ。
ヘレナ　あなたはりっぱな方だから、わたしの方はもうどこまでも
安心なの。だってあなたの顔は真昼の太陽、

だからわたしの今は夜ではないの。
この森も世界じゅうの人でいっぱい、
だってわたしにはあなたが全世界なのだから。
どうしてわたしがひとりぼっちだなんて言えて、
世界がわたしを見てくれてるっていうのに。
デミートリアス　ぼくはもう逃げるよ、茂みの中に隠れるよ、
猛獣の餌食《えじき》になったって知らないんだから。
ヘレナ　どんな猛獣だってあなたみたいに残酷じゃない。
逃げるのなら逃げてごらん、話が逆になるわよ、
アポロが逃げてダフネが後を追い回す、
小鳩が大鷲めがけて飛んで行く、牝鹿が
虎をつかまえようと一目散。でも無駄な駆けっこよね、
弱いのが追っかけて強いのが逃げる方なんだもの。
デミートリアス　そんな話に付き合ってるひまはない。ぼくは
行くよ。いいか、ついて来たらなにをするかわからんぞ、

この森の中だ、どんなひどいことでもできる。

ヘレナ　そうよ、神殿でだって、町の中でだって、町の外でだって、
さんざひどいことをしてるんだもの。ほんとになんてことでしょう、
あなたの仕打ちは女性全体に対する侮辱なのです。
恋のために戦うのは女ではなくて男の方、
愛を口説かれるのは男ではなくて女の方。
ついて行きますともどこまでも、この地獄を天国にするために、
愛する人の手にかかって死ねたなら、それがわたしの天国なの。

［デミートリアスとヘレナ退場］

オーベロン　しあわせにな、森の乙女。この森から出る前に
きっとその鬼ごっこを逆にしてやるからな。

ロビン・グッドフェロー登場。

花は取ってきたか？　遠くまでご苦労だった。

ロビン　はい、ここに。

よし、寄こせ。

オーベロン

いいか麝香草《じゃこうぐさ》の生い茂る花の堤《つつみ》があるだろう、
桜草《さくらそう》や菫《すみれ》が風にそよいで咲き乱れている。
上を覆う天蓋《てんがい》は、甘く匂うすいかずら、
野薔薇も色をとりどりに香りも高く白と赤。
そこでときどきティターニアが夜《よる》の時を眠って過ごす、
花のしとねに楽しい踊りがあいつの夜の眠りの友。
そばに蛇がエナメルの皮を脱ぎ棄てれば、
それが妖精にちょうどぴったりの衣裳になる。
さあて、いよいよこの花の汁、あいつの瞼《まぶた》にちょいとひと塗り、
それでたちまちあいつは幻の恋のもの狂い。
お前にも少しやるから、森じゅうを探して回れ、
かわいいアテネ娘が、恋を蔑む若い男に
思いの丈の恋をしている。その男の目に塗れ。
だが、いいいな、目ざめて見るのは

きっとその娘。男の方の目じるしは
見まがうはずはないアテネの服装。
しっかりやるのだぞ、女と男の
恋の狂熱の逆転劇。
刻限は、いいな、一番鶏の鳴くその時まで。

ロビン　おっと合点承知の助、仕上げをご覧《ろう》じろ、ご主人さま。

［両人退場］

［第二幕第二場］

ティターニアがお供の妖精たちを連れて登場。

ティターニア　さあ、輪になって踊って、歌を歌ってね。
それが終ったら十秒刻みで仕事を頼みますよ。
野薔薇の蕾の毛虫を退治する者、
蝙蝠《こうもり》をやっつけて鞣《なめし》皮のような羽根を取ってくる者、
家《うち》の子たちの上着を作るんだから。それからあのふくろうを

追い払う役、毎晩ほうほううるさく鳴いて団栗眼《どんぐりまなこ》で
かわいい妖精たちを見つめてるんだから。わたしを歌で
寝かせつけたら仕事にかかるのよ。さあ、やすませて頂戴。

妖精たちの歌。

歌

舌の裂けたまだらの蛇、
とげとげだらけの針鼠《ねずみ》、
いもりも蜥蜴《とかげ》も悪さすな、
お后《きさき》さまがおやすみだ。
鶯《うぐいす》さんはいい声で、
一緒にお歌い子守歌、
ねんねん眠れ、ねんねん眠れ、
ねんねん眠れ、ねんねん眠れ、
たたりに災い
まじないも、

お后さまに近寄るな、
お后さまがおやすみだ。
巣を張る蜘蛛《くも》に用はない、
足長ぐもは退《の》いて行け、
黒いぶんぶん、青毛虫、
　まいまいつぶりも悪さすな。

妖精一同
　鶯さんはいい声で、
一緒にお歌い子守歌、
ねんねん眠れ、ねん眠れ、
ねんねん眠れ、ねん眠れ、
　　たたりに災い
　まじないも、
お后さまに近寄るな、
お后さまがおやすみだ。

［ティターニア眠る］

妖精　行こう、これでもう大丈夫、
一人だけ離れて見張りに立つことにして。
［ティターニアと見張り一人を除き全員退場］
オーベロン登場、花を搾《しぼ》ってティターニアの瞼《まぶた》に滴《た》らす。

オーベロン　目ざめて最初に見るものが
お前のまことの恋人だぞ、
恋してこがれてこがれ抜け。
山猫、野の猫、山の熊、
豹《ひょう》に猪、毛むくじゃら、
目ざめたその目に映るのが
お前のいとしい恋の主《ぬし》。
ようし、汚れたもののそばで目ざめろ。
［退場］
ライサンダーとハーミア登場。

ライサンダー　さまよい歩いたこの森の中、すっかり疲れさせたねえ、
それにどうやら道に迷ってしまったらしい。
ねえハーミア、休もうか。あなたさえよければ
明るい朝が来るまで待った方がいいと思うんだけど。

ハーミア　そうしましょうよ、ライサンダー。あなたは自分の
寝場所を探すのよ。わたしはこの堤《つつみ》に頭を載せましょう。

ライサンダー　一つの芝生が二人の枕、
心は一つ、寝床も一つ、二つの胸に誠は一つ。

ハーミア　あらあら、いけないわよライサンダー、
もっと離れるものなのよ、そんなにくっついちゃだめ。

ライサンダー　ねえ、そんなに悪くとるもんじゃないよ、
愛の気持を汲《く》んでやるのが愛の深さなんだよ。
心と心と結びついていれば、
心は一つ、思いも一つ、
胸の鎖は一つの誓い、

だからね、二人の胸に誠は一つ、一つだけ。
そばに寝ちゃだめなんて言うんじゃないよ、
寝たからって寝た子を起こしゃしないから。

ハーミア　寝た子を起こさないだなんて、言い回しがお上手ね。
女の方から寝た子を起こすなんて考えたりしたら、
わたしって、ひどくはしたない、下種《げす》な娘になってしまう。
だからねえ、わたしを愛し尊敬してくれるのだったら、
ちゃんと離れるのよ、それが人間としての慎みなのだから。
おたがい結婚前の清らかかな
男女らしく、世間から後ろ指さされない
ちゃんとした距離。じゃおやすみなさい、愛する人。
死ぬまであなたの愛が変ることのありませんように。

ライサンダー　アーメン、それがぼくの祈りです、
愛が終るときはこの命の終るとき。
ぼくはここで寝るんだ。あなたに眠りのすべての安らぎを。

ハーミア　すべての安らぎの半分はどうかあなたのお目に。

［二人眠る］

ロビン・グッドフェロー登場。

ロビン　森じゅう行けども探せども、
アテネの男の影もない、
このせっかくの恋の花、
目に試そうにもあてがない。
や、や、や、だれだこいつは？
着ている衣裳はアテネふう、
ご主人さまの言っていた
娘の恋心を蔑む不届き者だな。
おやおやかわいそうに、娘は
地べたでぐっすり眠っている、
脇に寝かせてももらえぬとは、

恋の礼儀もわきまえぬ。
ようし、こいつの目に汁を滴《た》らしてやるぞ、
さ、凝って固まれ恋の精。
［花を搾《しぼ》ってライサンダーの瞼《まぶた》に滴らす］
目ざめたときから恋狂い、
その目に眠りの宿りはないぞ。
それじゃあばよ、ゆっくり起きな、
おいらはオーベロンさまにご注進。
［退場］

デミートリアスとヘレナ走って登場。

ヘレナ　待って、殺されたっていい、待って、デミートリアス。
デミートリアス　帰れと言ったら帰れ、ぼくのあとについてくるな。
ヘレナ　真っ暗闇に置いてきぼりなんてひどい、ねえ、お願い。
デミートリアス　ついてきたらひどいぞ、ぼくは行っちゃうからな。
［退場］
ヘレナ　ああ息が切れる、恋に夢中で追っかけてきた。
でもお祈りすればするほどご利益は少なくなる。

ハーミアはしあわせな人、どこにいるのか知らないけど、
神さまの恵みの目の力で男心を引きつける。
どうしてあんなにきらきら輝いているのかしら。でも涙のせいじゃない、
涙のせいならわたしの目の方がもっと涙で洗われている。
違う、違う、やっぱりわたしが醜いせい、熊みたいに。
けだものだってわたしに会うとこわがって逃げて行くもの。
だからね、デミートリアスだって、お化けのように
わたしのそばから逃げ出したって不思議じゃないの。
わたしの鏡は嘘つきで性悪《しょうわる》なんだ、
ハーミアの目は星の瞳、逆立ちしたってわたしは敵いやしない。
あらら、だれかしら？　ライサンダーだわ、こんな地べたに。
死んでるの、眠っているの？　血は流れていない、傷もない。
ライサンダー、起きなさい、死んだふりなんかして。
ライサンダー　あなたのためならたとえ火の中、水の中。
輝く女神ヘレナ、あなたは透き通るようにきらめいて、

胸の中まで見通せる、これこそは造化の女神の魔術。
デミートリアスはどこだ？　忌わしいその名前は
ぼくの剣にかかるのがふさわしい。
ヘレナ　そんなこと言うものじゃないわよ、ライサンダー、
あなたのハーミアを愛したからって、それはそれで仕方ないでしょうに。
ハーミアはあなたを愛してるんですもの、それでいいんじゃない。
ライサンダー　それでいいんじゃない？　いいわけがあるものか、
あの女と過ごした退屈な一分一分、今さら取り返しがつくものか。
ハーミアなんかじゃない、ぼくの愛するのはヘレナ。
烏を鳩に取り換えるのは当然、
男の好みが理性に支配されるのも当然、
その理性があなたの方がずっとすばらしい女性だと教えている。
ものみなの成熟に籍《か》したまえ時の力を、
若いぼくの理性にも時の力を。
そしていまようよう判断力の成熟を得て、

理性がぼくの好みを案内してくれた、
あなたの面影へとぼくを導いてくれた。その面影こそが
熟読すべきぼくの愛の書物、最も美しい恋の物語。

ヘレナ　何でこんなにからかわれなきゃならないのかしら、
あなたにまで侮辱されるいわれはないっていうのに。
もうたくさん、本当にもうたくさん、デミートリアスからやさしい
目を向けてもらったことのないこのわたし、これからだって向けて
もらえるあてのないこのわたし、まるで女として扱ってもらえない
このわたしを、あなたまで寄ってたかってばかにするなんて。
ひどいわよ、ひどいなんてものじゃないわよ、
ひとを小ばかにしたその口説きよう。
もう勝手になさい。言いたくはないけど
あなたのこと、家柄にふさわしいりっぱな方だと思っていました。
ああ、一人の男に嫌い抜かれ、それを種に
別の男からはなぶり抜かれるだなんて。

［退場］

ライサンダー　ハーミアには気づかなかったな。よし、ハーミアは
そこに寝たままライサンダーには絶対に近づくなよ。
甘い物も食べすぎると
胃がむかついて見るのもいやになる、
いったん棄てた邪教の教えは
だまされていたぶん憎たらしくてならなくなる。
お前がその甘い食べ物、邪教の教え、
憎さも憎し、ことのほかこのぼくには。
これより先は力の限り、愛と誠を貫き通し、
女神ヘレナの護りの騎士に。

［退場］

ハーミア　きゃあ、ライサンダー、助けて！　蛇がわたしの胸を
這《は》っている、早くどけて、ね、早く早く。
ああ、こわかった、なんていやな夢を見たのだろう。
ほら見て、ライサンダー、こんなに震えているでしょう。
蛇がね、心臓を食いちぎるかと思ったのだもの、

なのにあなたったら笑って見てたのよ、食いちぎられるのを。
ねえライサンダー、そこにいないの？　ねえライサンダーったら。
あら、聞こえないのかしら？　いないの？　ねえったらねえ。
どうしよう、いない！　返事をしてよ、聞こえるのなら。
ねえねえ、お願い、返事をして。こわくて気が遠くなりそう。
返事がない。やっぱり行ってしまったんだ、
ようし、どうしても見つけてやる、死んだって見つけてやる。

［退場］

［第三幕第一場］

ボトム、クインス、スナウト、スターヴリング、スナッグ、フルート登場。

ボトム　全員揃ったかな。
クインス　時間きっかりだ。ここはまた稽古にはもってこいの場所だよ。この芝生が舞台で、あそこのさんざしの茂みが楽屋だな。じゃ殿さまのご前でやるのと同《おんな》じにちゃんと動きもつけてやるぞ。
ボトム　なあ、ピーター・クインス――

クインス　何だね、ボトムの大将。

ボトム　このピラマスとシズビーの喜劇にはちょいとまずいとこがあるよなあ。まず第一にだ、ピラマスは剣を抜いて自害をするってわけだ。こいつはご婦人方にはきつすぎるだろうよ。え、どう思うかね。

スナウト　そりゃ大変だぞ。

スターヴリング　殺しはやめた方がいいぞ、絶対やめた方がいい。

ボトム　いいや大丈夫なんだ、おれにはうまく納める名案がある。ひとつ前口上を書いてもらおう。ま、こういった調子はどうかね、わたくしどもは剣を抜いても人を傷つけるものではございません、ピラマスはじつは自害なんざいたしません。もっとご安心いただくためにはおれがこう言う、わたくしピラマスはピラマスではございません、機織《はたお》りのボトムでございます。これだけやればだれもこわがるのはいないと思うけどね。

クインス　なるほど、それじゃそういった前口上を入れるとしよう。ま、七・五調で書くとするかな。

ボトム　いいや、数は多い方がいいや、二つおまけして八・六調にするがいいや。

スナウト　ご婦人方はライオンをこわがらんだろうか。

スターヴリング　こわがるとも、きっとこわがるぞ。

ボトム　職人衆、これはひとつ各自全員で思案をめぐらせてもらいたい、ご婦人方の席にライオンを引っぱり出すなんてのは――いやくわばらくわばら――とんでもない話だ。そもそもライオンなるものは最も恐るべき猛禽類だからなあ。みんな気をつけようぜ。

スナウト　それじゃもう一つ前口上といこう、この男はライオンじゃございませんて。

ボトム　いやいや、自分の姓名を名乗ることだな、ライオンの首の辺りから顔を出して、それで自分で隙間からしゃべってみせる、ま、こんな内容でどうかね、つまり同様の無内容でもって「ご婦人方よ」とこう言う、「麗しのご婦人方よ、ここに要望いたしますが」、いや「切望いたしますが」かな、「懇望いたしますが」かな、「どうかこわがらずにいただきたい、震え上がらずにいただきたい、命にかけてもご心配には及びません。このわたくしがまことのライオンとしてここに現れたとなりますれば、わたくしめは死をもって償わねばなりません。けっしてけっしてさようなものではございません。他の人間同様人間でございます」。それでもってちゃんと自分の姓名を名乗って、自分は建具職のスナッグである旨素直に申し上げる。

クインス なるほど、そうしよう。だがあと二つめんどうなことがあるな、まず大広間に月をどうやって持ち込むかだ、なにしろピラマスとシズビーは月夜の晩に会うことになっているからな。

スナッグ 月は出るのかね、おれたちの芝居の晩は。

ボトム 暦だ、暦だ。今年の暦本《こよみぼん》をめくってくれ。お月さまを探せ、お月さまだ。

クインス よかった、月は出るよ。

ボトム じゃ、大広間の窓を開けっぱなしにしておいてもらおうぜ、芝居をやる大広間の、月が入ってくるようにな。

クインス それもいいが、だれか柴木の束と角燈を持って出てきて、わたくしは月に、いい小便する、つまり平たく言えば月を表現する者でございますって申し上げるのはどうかね。それともう一つはあの大広間に土塀をつくらなきゃならんことだな、ピラマスとシズビーは物語では塀の割れ目を通して話したことになっている。

スナウト まさか塀を持ち込むわけにはいかんしなあ。どうするね、ボトム？

ボトム だれでもいいからな、土塀の役をやればいい。漆喰《しっくい》とか、植土《へなつち》とか、壁土とかを持って出れば、ま、塀を表すことになるな。指をこうやって曲げたりしてな、その隙間からピラマスとシズビーがささやくってのはどうだい。

クインス　それでいいとなりゃ、みんな片づいた。じゃあみんな、坐ってくれ。銘々の役の稽古をしよう。ピラマス、お前さんからだ。ピラマスの台詞が終ったら、あそこの茂みに入る。そうやって一人一人きっかけどおりの台詞になる。

ロビン・グッドフェロー登場。

ロビン　あれれ、田吾作どもが大騒ぎしてらあ、お后《きさき》さまの寝床のすぐそばで。ほう、芝居をやろうってかね。どれ見物としゃれこんで、ことによったらひと役買って出てもいいぜ。

クインス　台詞だよ、ピラマス。シズビーは前に出る。

ボトム　ああシズビー、いともいかがわしき花の香り——

クインス　かぐわしき香り、かぐわしき香り。

ボトム　——かぐわしき花の香り。

そなたの息もかぐわしき香り、ああシズビー、愛するシズビー。
やや、物音がする。しばしここに待たれよ、
ただちに戻って参ろうほどに。［退場］

ロビン　戻って参ろうピラマスは、世界にまたとない化物とございい。［退場］

フルート　おれの番かね。

クインス　そうとも、お前さんの番だとも。いいかね、ピラマスが退場したのは物音を確かめに行っただけだ、すぐ戻ってくる。

フルート　光り輝くピラマスよ、お肌は真白き百合の花、
お頰は紅《くれない》咲き誇る、茨《いばら》の中の薔薇の花、
凛々《りり》しき若武者武者震い、ぶるぶる震える震え顔、
震えちゃならぬ若駒の、疲れを知らぬ頼もしさ。
お会いしようぞああピラマス、あのボケナスの御霊屋《みたまや》にて。

クインス　ボケナスじゃない、「ナイナスの御霊屋」だよ。それにその台詞はまだ言っちゃだめなんだ、それはピラマスへの返事だからな。お前さんはきっかけもなにもみんなべらべらしゃべってしまう。さあピラマス、登場してくれ。登場のきっかけ

は過ぎてるぜ。「疲れを知らぬ頼もしさ」がきっかけだよ。

フルート　ああ、そうか。「若駒の、疲れを知らぬ頼もしさ」。

驢馬《ろば》の頭をつけたボトムとロビン・グッドフェローが登場。

ボトム　わが凛々しさもシズビーよ、すべてそなたのものなるぞ。

クインス　きゃあ！　化物だあ！　出たぞ、おいみんな、逃げろ、早く逃げろ。助けてくれえ。

［クインス、フルート、スナッグ、スターヴリング、スナウト退場］

ロビン　そら行け、そら行け、輪になって踊れ、
沼越え、藪《やぶ》越え、茂みを越えて、
おいらは化けるぜ、馬、犬、自在、
豚、熊首なし、チカチカ鬼火、
そうら、ヒンヒン、ワンワン、グーグー、ガオー、
馬、犬、豚、熊、鬼火とござい。

［退場］

ボトム　何でみんな逃げたのかな？　きっといたずらだな、おいらをこわがらせようってしめし合わせたな。

スナウト登場。

スナウト　ボトム、お前変っちまったなあ、その顔はなんて顔だ。

ボトム　なんて顔だ？　お前こそとんまな驢馬面《ろばづら》しやがって。

［スナウト退場］

クインス登場。

クインス　かわいそうになあボトム。なんて姿になっちまったんだね。　［退場］

ボトム　やっぱりしめし合わせてるな、おれのことをおどかしてとんまな驢馬に仕立てようたってそうはさせねえ。なあにこの場所を動くもんか、さあ、どこからでもかかってこい。どれ、少しぶらついて鼻歌でも歌ってやるか、こわがってないのがわかるだろう。

［歌う］色のまっ黒けの黒つぐみ、

くちばしだけは焦茶色、
つぐみの歌は生《き》まじめで、
か細い声はみそさざい。
ティターニア　花の褥《しとね》の眠りを目覚めさせたのはどこの天使かしら？
ボトム［歌う］
鶸《ひわ》に雀に揚げ雲雀《ひばり》、
ずけずけ歌うは郭公鳥《かっこどり》、
女房の浮気を告げるけど、
亭主聞いても知らんぷり。
そりゃそうだよなあ、ばかな鳥を相手に文句を言ったってはじまらないしなあ。いくら女房が浮気、女房が浮気ってけたたましく鳴いたからって、この嘘つき鳥めがってどやすわけにもいかんからなあ。
ティターニア　お願いよ、すてきな生きもの、もう一度歌ってね。
わたしの耳はあなたのお声にもううっとり、
目はといえばあなたのお姿にもうぞっこん、

あなたの美丈夫ぶりにわたしはもう金縛りよ、
ひと目見ただけで、もうだめ、あなたを愛してしまった。

ボトム　ねえお女中さん、そんなことをおっしゃるのは少々理性ってやつが足りないんじゃないですかい。だがまあ正直な話、今日《きょう》びじゃ理性と恋愛とはどうも仲違いしてるみたいだね。その上まあ悲しいことに、二人を仲直りさせるりっぱなお方がなかなか見つからんてわけだ。とまあ、わたしだってたまにはきびしい冗談のひとつぐらいは出ますさね。

ティターニア　あなたは美しいだけじゃなくとっても賢いのね。

ボトム　どっちもあんまりねえ。でもまあなんとかこの森を抜け出すだけの知恵がありゃ、いまのおれにはありがたいんだが。

ティターニア　抜け出すだなんて、そんな気を起してはなりません。
あなたはここに残るのです、いやも応もないのですよ。
わたくしは妖精、それも常の妖精とは違う。
永遠の夏はこの身に付き随う供奉《ぐぶ》の者、
そのわたくしの愛人であるからには、そばを離れてはならぬ。

そなたの世話役には妖精たちを。
はるか海の底に真珠を探らせるもよし、
花の褥《しとね》にまどろむ間《かん》歌を歌わせるもよし。
人間としてのその卑しい肉体をわたしが浄めてあげよう、
妖精と同じに空を飛んで行けるように。
おいで豆の花、蜘蛛《くも》の糸、羽虫の精、芥子《からし》の種、

妖精四人登場。

妖精一　はい。
妖精二　はい。
妖精三　はい。
妖精四　はい。
妖精一同　何のご用でございましょう。
ティターニア　この紳士のお方に丁重にお仕えするのですよ。
お散歩の道には跳んで出て、お目の前で宙返り、

お食事には杏《あんず》と木苺と、それに
紫ぶどうに緑のいちぢく、桑の実を添えてね。
丸花蜂の巣から蜜の袋をこっそり盗《と》ってくるのも忘れずに、
ついでに蜜蜂の太ももを切り取ってくる、これは夜の蠟燭《ろうそく》代り、
わたしの恋人がお寝《やす》みのとき、起きられるとき、
蛍の目の火を移して足もとを照らしてさしあげるの。
それからきれいな蝶々の羽根を捥《も》いで扇にするのよ、
せっかくのお寝みにお目の邪魔になる月の光を払いのけるために。
さあ小さな妖精たち、おじぎをしてご挨拶なさい。

妖精一　ようこそ人間さま。
妖精二　　　　　ようこそ。
妖精三　　　　　　　　ようこそ。
妖精四　　　　　　　　　　　ようこそ。
ボトム　これはこれは皆さまごていねいに。失礼ながらあなたさまのお名前は？
妖精二　蜘蛛の糸と申します。

ボトム　どうか今後ともよろしくお願いしますよ、蜘蛛の糸さん。指にけがしたときには遠慮なく血止めのご厄介になりますからな。そちらさまのお名前は？

妖精一　豆の花と申します。

ボトム　じゃあひとつ、母上さまの細莢《ざや》夫人とお父上の太莢氏によろしくお伝え下さらんか。豆の花さんにはいよいよご昵懇《じっこん》願いたいもので。そちらのお名前は？

妖精四　芥子《からし》の種でございます。

ボトム　芥子の種さんか、我慢の種という者もいるようだが、いやきびしい我慢のことはよくよく承知してますよ。例の臆病者の大男、牛肉野郎があんたの一族の紳士方をずいぶん平らげたそうですからねえ。わたしもこれまで皆さんご一族のために大いに涙を流しましたですよ。今後ともご昵懇にな、芥子の種さん。

ティターニア　じゃ粗相のないように、このお方をわたしの寝所にご案内して。

あら、今夜は月も涙ぐんでるみたい。

月が泣けば小さな花もみんなで泣くの、

犯された娘の操を悲しんでみんなで泣くのよ。

［ボトムがひんひん嘶《いなな》く］

あら、わたしの恋人はなんてうるさいんでしょう、舌を縛って静かにさせて連れてきてね。

［一同退場］

［第三幕第二場］

オーベロン登場。

オーベロン　ティターニアは目を覚ましたかな、
目を覚ましたとすればあいつの目に何がとび込んできたか、
とことん夢中になってそいつを追い回すはずだが。

ロビン・グッドフェロー登場。

使いの小僧が戻ってきた。どうだ、気まぐれ者、
この妖精の遊び場でどんな乱痴気騒ぎが起こっている？

ロビン　お后《きさき》さまは化物と恋愛中。
人目につかぬ聖なるご寝所で

うとうととまどろまわれていた折も折、
近くに現れたのががさつな職人連中、
アテネの町の店先に品物を並べてその日暮しの
間抜けな一同、なんでもシーシアスさまの婚礼で
芝居をやる、それの稽古に集まったのだとか。
薄のろ揃いのその中で、ひときわ目立った
ど阿呆《あほう》の、芝居の役がなんとピラマス、
そいつがいったん退場して茂みの中に入る、
この絶好のときを外すわけにはいきませんや、
そいつのお頭《つむ》にかぶせましたとも驢馬《ろば》の頭を。
すぐに恋人シズビーがその名を呼ぶ、
そこでわが道化役者の再登場。さあてその姿を見たとたん、
さようですな、雁が忍び寄る猟師に気づいたか、
はたまた群がる灰色頭の烏ども、
鉄砲の音に一斉に飛び立つやカアカアガアガア、

西に東に算を乱して空一面を狂い飛ぶ。
あたかもそのように、連中男を目にするや走りましたなあ、
そこに轟くわが足音、ある者はこけつまろびつ、
またある者は「人殺し」と呼ばわってアテネに助けを求める始末。
もともと頭が弱い上に恐怖で頭がこんがらがれば、
枯れ尾花まで化物にみえる、いやはや、茨《いばら》や棘《とげ》に
着物を引ったくられるわ、袖をちぎられるわ、
帽子を取られるわ、肝をつぶして身ぐるみ剝《は》がれるわ。
さて、肝をつぶしたやつらをそこから連れ出し、
残しておいたがお化けのピラマス、
ちょうどそのとき、いやあうまくいきましたなあ、
お后《きさき》さまがお目覚めになる、たちまち驢馬どのにぞっこん。

オーベロン　それはまた計画以上の上首尾だ。
それでもう一つの仕事はどうした、
アテネの男の目を恋の汁でがんじがらめにする方は。

ロビン　ちょうど眠っておりましてね、なあにこっちの仕事だって
首尾は上々、しかもアテネの娘がそばでしたからね、
目を覚ませばいやでも娘が目に入りますとも。

デミートリアスとハーミア登場。

オーベロン　隠れろ。アテネの男だ、例の。
ロビン　女はたしかに。だが男は違いますよ。
デミートリアス　ああ、恋する男にあまりにひどい罵《ののし》りよう、
その残酷な言葉は残忍な敵《かたき》にこそ。
ハーミア　いまは罵るだけだけど、この先は呪いの言葉を、
呪われて当然のことをあなたはしたのだから。
眠っているライサンダーを殺したのだったら
どうせ踏み込んだ血の川、膝《ひざ》までどっぷり漬かって、さあ、
わたしも殺してちょうだい。
太陽が昼に対して忠実である以上にあの人は

わたしに対して忠実だった。その人が眠っているわたしを
置き去りにして逃げて行くことってある？　とても信じられない、
それが信じられるぐらいなら、固い地球のまん中にまっすぐ穴が
開きますとも、月がその穴をくぐり抜けて向う側に顔を出せば、
向うはお兄さまの太陽の真っ昼間だもの、みんなして大迷惑。
あなたがあの人を殺したにきまってる、
その顔は人殺しの顔、ぞおっとするそのまっ青《さお》な顔は。
デミートリアス　それは殺された男の顔だよ、ぼくがその
殺された男、残酷なあなたに心臓を射抜かれてしまった。
なのに人殺しのあなたは光り輝いている、
恋の金星が天球の彼方に光り輝いているように。
ハーミア　なんて言い草でしょう。それよりわたしのライサンダーはどこ？
ねえ、デミートリアス、お願いだからあの人を返してちょうだい。
デミートリアス　返すぐらいなら死骸を犬にくれてやる。
ハーミア　ひとでなし！　野良犬！　もうがまんができない、

いくら娘のたしなみだからって。そうよ、やっぱり殺したんだ、
もうあなたなんか人間の中に入らない。
ねえ、わたしのためにたった一度だけ本当のこと教えて、
眠ってるところを殺したのね、起きているときじゃ
とても手向かえる相手じゃないもの。まあごりっぱだこと、
蛇も蝮《まむし》も顔負けよねえ、
ほんと蝮の仕業よ、蝮以上の二枚舌で
あの人を刺したの、けがらわしい蛇よ、あなたは。

デミートリアス　ひどいなあ、それは誤解の怒りというものだよ。
ぼくはライサンダーを殺していない、
ぼくの知る限り彼は死んではいない。

ハーミア　じゃ、ちゃんと言って、あの人は無事だって。

デミートリアス　さあ、そこまではどうかなあ。でも言ったらご褒美に何をくれる？

ハーミア　もう二度と会わないって特権をさし上げます。
大嫌いなあなたとももうこれでお別れ。

あの人の生死はさておきもうこれでさよなら。 ［退場］

デミートリアス　あの剣幕では追っても無駄だな、
となりゃここでひとまず一服するとしよう。
眠りが破産して悲しみの負債が支払えなくなると、
悲しみの重みで眠気がますます重くなる。
ここはほんのわずかでも借金返済といこう、こうして横になれば
やがて眠りが悲しみを軽減してくれるだろうから。 ［横になって眠る］

オーベロン　なんてことをしでかした！　え、お前はまちがって
本当の恋人の目に恋の汁を滴《た》らしたな。
お前のまちがいのおかげで、きっとどこかで本当の恋人が
心変りをしているぞ、不実な恋人が本気になるどころか。

ロビン　そりゃ運命のおかげですよねえ、誓いを守る一人に対し、
この世じゃ破るのはなん万人、誓いを立てては破ってるんだから。

オーベロン　森をめぐって風よりも早く、
アテネのヘレネを見つけてこい。

恋にやつれたまっ青《さお》な顔、それはな、
恋の溜息が若い血液を涸《か》らすから。
なにか幻を見せて、いいか、ちゃんとここに連れてこい、
来るのに備えて男の目には魔法をかけておこう。

ロビン　はいはい、そうらご覧《ろう》じろ、
韃靼《だったん》人の矢よりも早いや。　［退場］

オーベロン　［花を絞ってデミートリアスの目に滴《た》らす］
真紅に染まった花の汁、
キューピッドの矢のおまじない、
瞳の底までしみ通れ。
その目にとまるはあの娘、
娘はたちまちきらきらと、
み空に輝く金の星。
目覚めて見つめるその姿、
すがるは娘の恋情け。

ロビン・グッドフェロー登場。

ロビン　御《おん》隊長にご注進、
さあさへレナがすぐ近く、
わが間違いの若者も、
恋を求めてついてくる。
見物しましょう、ばか踊り、
まあ人間てやつはなんてばかなんでしょうねえ!

オーベロン　こっちへ寄れ。二人の物音で
デミートリアスが目を覚ますぞ。

ロビン　となるてえと、二人が一緒に一人を口説く。
天下一品の茶番劇。
上を下への大騒動、
こんなに楽しいことってないよなあ。

ライサンダーとヘレナ登場。

ライサンダー　ぼくの求愛がどうして軽蔑だと思うの、
軽蔑や嘲笑で涙は出やしない。
ぼくは誓いながらずうっと泣いている。泣きながら生れた
誓いの涙に光るのはただ真実だけ。
なのにこの訴えがどうして軽蔑に見まちがえられるのだろう、
真心の涙の徽章《きしょう》がその身元を証明しているというのに。
ヘレナ　だんだん手口が派手になってきたこと。
真実の誓いと真実の誓いの殺し合い、まるで悪魔の聖戦よねえ。
いまの誓いはハーミアのものでしょう。あなたあの人を棄てたの？
両天秤の誓いではあなたの秤は秤じゃない、
あの人への誓いとわたしへの誓いと右と左の皿に載せてごらん、
竿はぴーんとまっ平《たいら》、どっちも嘘の軽はずみ。
ライサンダー　あの女に誓ったときぼくには判断力がなかった。
ヘレナ　いまだってないわよ、あの人を棄てるんだから。
ライサンダー　デミートリアスはあの女を愛している、だけどあなたを愛していない。

デミートリアス［目を覚まして］　ああヘレナ、女神、森の妖精、完璧な、なんとまあ
　神々しい、
ああわが恋人、その目を何に譬《たと》えよう、水晶などは泥の粒、
ああその唇、熟れきった桜ん坊が上と下と接吻している、
さあ摘《つ》んでおくれと男心をとろかすようにふっくらと。
はるか彼方は異国の山脈《やまなみ》、東方の風に吹き浄《きよ》められた
純白の雪の結晶も、たちまち烏の黒に変わるだろう、
あなたが白い手を掲げれば。ああその手こそ純白の王女、
いまこそ王女に口づけを、恋の成就の至福のしるしに。
ヘレナ　なんてひどい！　なんて悪どい！　わかりましたとも、
二人でぐるになって楽しもうってのね。
礼儀はどこへ行ったのです、え、女性への尊敬は、
よくもまあこれだけひどい侮辱を加えられるわね。
あなたたちはわたしを大嫌いなんでしょ、大嫌いだけじゃすまなくて
二つの心を撚《よ》り合わせて今度はわたしをからかおうってのね。

それでも二人は男ですか、見せかけは男のようだけど、
男ならちゃんとした女性にそんな扱いはないでしょう。
誓いをさんざ並べたてて、わたしをなんやかや誉めそやして、
心底《しんそこ》じゃわたしをどこまでも嫌いなくせに。
二人とも競い合ってハーミアを愛してきた、
それが今度は競い合ってヘレナをなぶりもの。
おみごと、あっぱれ、男子の本懐、
か弱い娘を嘲り笑って、きりきり舞の
涙を絞る。いいえ、本当の男ならけしてできるはずがない、
若い娘がぎりぎりの我慢の末に怒り出すのを
手を叩いて笑って見ているなんて。

ライサンダー　デミートリアス、ひどいじゃないか、そんなひどいまねは
やめろ。君はハーミアを愛している。それは君もぼくもおたがい
周知の事実だ。だからね、ぼくは今ここで全身全霊をこめて
ハーミアの愛におけるぼくの権利をすべて君に譲る。

その代りヘレナに係わるすべてをぼくに渡したまえ、
ぼくは彼女を愛し、その愛は終生変ることがない。
ヘレナ　まああきれた、ひとをばかにするにもほどがある。
デミートリアス　ライサンダー、君はハーミアをどうぞ。ぼくは
もういいから。昔の愛は昔の愛、
ぼくの心は彼女の宿の一夜の客、
本宅はヘレナさ、いまちゃんと戻ったとこなのさ、
そこがぼくの住居だ。
ライサンダー　　ヘレナ、あれはみんな嘘だからね。
デミートリアス　嘘とは何だ、いいかこれが本当の恋というものだ、
もう一度言ってみろ、命はないものと思え。
そうら君の恋人が現れた、君の命の恋人が。

ハーミア登場。

ハーミア　暗い夜、それは目の力を奪い去る、

ために耳の力はますます鋭くなる。
視覚を害するその分、
聴覚に二倍の補償をする。
ああライサンダー、この目はあなたを見つけてくれなかったけど、
ありがたいことにこの耳があなたの声へと導いてくれたの。
でもひどい人、わたしを置き去りにしたりして。

ライサンダー　愛がうながすとき、どうして男は留まりえよう。

ハーミア　あらあら、わたしを置き去りにできたのはどんな愛かしら。

ライサンダー　ライサンダーの愛、留まることを許さぬ愛、
美しいヘレナへの愛、満天にきらめき輝く
星々よりも、夜を綺羅《きら》の輝きに変えてくれる。
なぜぼくの後を追う？　これだけ言ってもまだわからんのか、
君のそばを離れるように命じたのは君への憎しみ。

ハーミア　そんな嘘をついたりして。そんなことはありえない。

ヘレナ　そうか、この人も一緒なのね、

三人ぐるになってお芝居ごっこ、わたしを
なぶって喜劇仕立て、これでようくわかった。
ひどいじゃないハーミア、なんて意地悪なの、
男たちと共謀してよくも卑劣な筋書きを
企んだわね、わたしをいじめて笑いものにする。
思い出してみて、打ち明けあった二人の秘密、
姉妹二人の誓いの指切り、二人で過ごした楽しい時間、
足早《あしばや》の針で別れをせかせる時の刻みを
咎《とが》めたりした、ああ、みんなみんな忘れてしまったの、
学校時代の友情も、子供の頃の無邪気も。
二人はねえハーミア、手芸の神さまだった、
二本の針で一つの花の刺繍をした、
目の前には一つのお手本、坐るのも一つのクッション、
さえずる歌も同じ歌、同じ調子、
手も、体も、声も、心も、まるでもう

一つのもの。そうやって二人は育った、
そうよ双子の桜ん坊、見た目は二つ、
離れていても、でも同《おんな》じ一つ、
一つの茎からかわいい実が二つ。
わたしたちだって見た目は体が二つ、でも心は一つ。
家の紋章だって二つ地色があっても
一人のもの、上の飾り兜《かぶと》だってちゃあんと一つ。
なのに子供のときからの友情をまっ二つにしてまで
あわれな友だちをなぶろうっていうの。
そんなの友だちじゃない、女じゃない、
女という女がわたしの肩を持ってあなたを非難しますとも、
この胸の侮辱はわたし一人のものだとしても。

ハーミア　いったいなんなのその剣幕は、わたしがあなたを
ばかにしたですって？　え、ばかにしたのはあなたの方でしょ。

ヘレナ　ライサンダーをけしかけてさ、わたしをばかにしようってさ、

あとを追わせて、目だの顔だの誉めさせたりしてさ。もう一人、あなたの恋人のデミートリアスも動員したわよね、ついさっきまでわたしを足蹴《あしげ》にしてた人よ、それがわたしをやれ女神だの、やれ森の妖精だの、ああ神々しいだの、宝石の、天使の、って言い出した。それがわたしを嫌い抜いてたあの人の言葉かしら？　そうだもう一つ、どうしてライサンダーはあなたへの愛、真心からのあなたへの愛をないがしろにして、わたしに愛情とやらを捧げたりするの、おかしいじゃない、あなたがけしかけたんでなきゃ、え、あなたが許したんでなきゃ。わたしはね、あなたみたいに男に言い寄られたり、男にちやほや付きまとわれたり、そんなしあわせとは縁遠いの、いつでも片思いのみじめな女なの。でもそれがどうだってのさ、軽蔑するってないでしょ、同情してくれるのならともかく。

ハーミア　なんのことやらさっぱりわからない。

ヘレナ　わからないならどこまでもわからないで結構、まじめくさった

顔をして、わたしがうしろ向いたらあかんべえしなさい、
おたがい目くばせして悪ふざけを続けなさい、
これだけみごとなお芝居ならきっと演劇史に残るでしょうよ。
ほんと、思いやりも、優しさも、お行儀も、なんにも
ない人よね、これだけわたしを笑いものにできるんだから。
じゃみなさんさようなら。身から出た錆《さび》ってことかしらねえ、
錆なら錆で、死ぬかいなくなるかで早速けりをつけましょう。

ライサンダー　待ってヘレナ、ぼくの言い分も聞いて下さい、
ぼくの恋人、ぼくの命、ぼくの魂、美しいヘレナ。

ヘレナ　まあお上手！

ハーミア　　　　　　ねえライサンダー、もうからかうのはやめて。

デミートリアス　ハーミアの言うことを聞けないのなら、このぼくが言うことを聞か
せてやる。

ライサンダー　ハーミアだってお前だって同じことだ。いくら
強がっておどしたって、この女がめそめそ頼むのと同《おんな》じだ。

ヘレナ、あなたを愛します、命にかけて愛します。
ぼくのこの愛を否定するやつは出てこい、あなたに捧げた
この命にかけて、そいつの嘘いつわりを証明してみせる。
デミートリアス　ぼくこそあなたを愛します、この男は口先だけだ。
ライサンダー　その言葉に嘘はないな。ようし、場所を変えてそれを証明しろ。
デミートリアス　ようし、来い。
ハーミア　　　　　　ライサンダー、何のまねなのこれは？
ライサンダー　退《さが》れ、エチオピア女。
デミートリアス　　　　　　　　乱暴はよしたまえよ君、
恰好よく女の手を振り切ってぼくについてくるふりをしたって、
もともとくる気はないんだから。やい腰抜け、目ざわりだぞ。
ライサンダー　放せ、猫女、いがめ。けがらわしい、放せったら、
放さんと頭をひっつかんで投げとばすぞ、この蛇女。
ハーミア　なんて乱暴になったの、まるで人が変ったみたい、ねえ、
ねえったらねえ。

ライサンダー　ねえだと！　失せろ黒んぼの韃靼《だったん》女、失せろ。

お前なんか毒草だ、劇薬だ、見たくもない。

ハーミア　ね、それお芝居でしょ。

ヘレナ　お芝居よねえ、あんたもひと役買ってるんでしょ。

ライサンダー　デミートリアス、きっと約束は守るからな。

デミートリアス　じゃ証文を書けと言いたいところだが、そんな女の細腕も振りほど
けんようじゃ
書くにも書けないよなあ。お前の約束なんか信用できるもんか。

ライサンダー　なんだと、この女を殴《なぐ》り倒せってのか、殺せってのか。

いくら嫌いな女でも傷を負わせる気はない。

ハーミア　え？　嫌われるより深い傷があるっていうの？

嫌いな女って、ねえ、わたしのこと？　いったいどうしちゃったのよ。

わたしはハーミアでしょ。あなたはライサンダーよね。

わたし前と同じにきれいだわよね。

昨日《きのう》の夜あなたはわたしを愛していた、それが昨日の夜あなたはわたしを

棄てた――あ、わたしを棄てただなんて、まさかそんなことが、
まさか本気で、そんな。

ライサンダー　本気だとも、この命にかけて。
君の顔なんかもう二度と見たくなくなったんだ。
だからいいか、望んでも無駄、問いかけても無駄、疑っても無駄、
これほど明々白々な真実はないと思え。いいか、これは芝居じゃ
ないんだからな、ぼくは君が嫌いだ、愛しているのはヘレナだ。

ハーミア　ひどい！　この女詐欺師、毛虫、花の実を食う害虫、
恋泥棒。そうなんだ、あなたが夜なかに忍び込んで
わたしの恋人を盗んだんだ。

ヘレナ　お上手、ほんとお上手。
あなた、女の慎みはどうなったの、娘の恥じらいは、もう
頬《ほお》を染めることも忘れてしまったの。わたしのもの静かな舌から
どうしても乱暴な返答を引き出そうっていうのね。
いや、いや、嘘つき、人形芝居の操り人形。

ハーミア　操り人形？　人形？　そうか、狙いはそこなんだ。
これでわかった、小ちゃな人形を見下しての背くらべ、
自分の背の高さを鼻にかけてるんだ。
姿かたちがいいから、すらっとして高いから、そうよ、
背の高さでもってきっとこの人を口説き落したんだ。
ねえあんた、背の高さのその分あの人に好かれたんでしょう、
わたしがちんちくりんのちびのその分。なによ、
五月祭の旗柱、べたべた飾りたててさ、ちびだからってばかにするな、
ちびだからって、ちびだからって、この爪であんたの
目の玉を引っ掻《か》いてやるぐらいはできるんだぞ。
ヘレナ　ねえお願い、お二人とも紳士でしょ、わたしをからかうのは
構わないけど、この人の乱暴だけは停めてね。わたしは
お転婆とは違うの。生れつきおとなしいたちなのです。
ほんの小娘、臆病もいいとこ。
だからねえ、ぶたせないで。あなたたちはきっと

いい勝負だと思ってるんでしょ、この人の方がわたしよりも
ちょっと背が低いから。

ハーミア　背が低い？　そうらまた言った。

ヘレナ　ねえハーミア、わたしをそんなにいじめないでね。
わたしはずうっとあなたを愛してきたのよ、ハーミア、内緒ごとは
ちゃんと秘密を守ってあげたし、ひどいことした覚えなんてない。
ただデミートリアスを愛するあまり教えてあげた、
あなたのこの森への恋の逃避行を。それであの人は
あなたを追って、わたしはあの人が恋しくてあの人を追ってきた。
でもね、あの人ったら帰れってどなったの、わたしを
ぶつって、蹴《け》っとばすって、殺すって息巻いたの。
だからもういいのよ、あなたが静かに帰らせてくれるのなら
わたしは愚かなこの身を抱きしめてアテネに帰ります、
もう追っかけたりはしません、だから帰らせてね。
これで愚かな娘心がようくわかったでしょう。

ハーミア　帰れ、帰れ。だれが止めるっていうの？
ヘレナ　止めるのは未練な心、その心をここに残して。
ハーミア　残すってライサンダーに？
ヘレナ　　　　　　　　　　　　いいえデミートリアスに。
ライサンダー　こわがらなくっていいよ、ヘレナ、この女に手出しはさせない。
デミートリアス　もちろんだ、君がいくらこの女の肩を持とうと、このぼくが手出しをさせるものか。
ヘレナ　こわいの、この人ったら怒るともうなにするかわからないの。
そりゃもう暴れたんだから学校時代だって。
小ちゃいけどとっても獰猛なのよ。
ハーミア　また言った、小ちゃいって。ちびだの小ちゃいだの、
そればっかし。ねえ、あの悪口を黙ってほっといていいの？
さあ、どいてちょうだい。
ライサンダー　　　　　　　失せろ、ちんちくりん、
伸びの止まった寸づまり、

豆粒、どんぐり。

デミートリアス　いちいちうるさいぞ、お節介が過ぎるからほら迷惑がってるじゃないか。あの人に構うな。あの人のことに口を出すな、味方するなどもってのほかだ。いいか、ほんのちょっぴりでも恋人のなんのと言ってみろ、命はないと思え。

ライサンダー　もうこの女も引き止めはせん。ぼくが先に行くから、勇気があるならついてこい。きさまか、ぼくか、ヘレナへの愛に決着をつけよう。

デミートリアス　ついてこいだと？　ゆずるものか、ぴったり並んで行こう。

［ライサンダーとデミートリアス退場］

ハーミア　このかまとと、これだけ騒ぎを起こしておいてなんとも思わないの。やい、逃げるな。

ヘレナ　だれがあんたなんかと。

気ちがいと一緒はごめんだわよ。
［退場］

喧嘩する手は早くたって、
逃げる足ならこっちが早い。
［退場］

ハーミア　頭はくらくら言葉にならない。
［退場］

オーベロン　見ろ、お前の怠慢の結果を。お前はいつも
へまをするか、わざといたずらをするか、どっちかだ。

ロビン　影の国の王さま、こいつはたしかに大まちがい、
ですが王さまもおっしゃった、
男の目じるしはアテネ人の服装だって。
となりゃおいらの仕事に落ち度はない、
薬を塗ったはアテネの男の目。
こりゃ愉快なことになりましたよねえ、
一大茶番劇の大騒動。

オーベロン　あの恋人たちは決闘の場所を求めて行った。
となると急げよロビン、夜に今こそ暗黒の帳《とばり》を。

星空に地獄の暗闇の霧を、
一面にたれこめる漆黒の中、
いがみ合う二人を闇に迷わせ、
たがいをけして出会わせるなよ。
そうだ、ライサンダーの声色を使うのもいいな、
デミートリアスに不当な非難を浴びせて挑発する。
今度は逆にデミートリアスの声で罵《ののし》りまくる、
こうして二人を離ればなれに、いいな、ようく心得たな、
するとやがては死の姿の眠りが、鉛の足と
蝙蝠《こうもり》の翼で二人の瞼《まぶた》に忍び寄る。
そのときを待ってこの草をライサンダーの目の上に搾《しぼ》れ、
その汁にはな、霊験あらたかな効能がある、
彼の目から迷いのすべてを取り払い、
目本来の物を見る力を回復させる。
二人が次に目覚めれば、嘲り合った

茶番の笑い、すべては根もない一場の夢、
アテネへ帰る恋人たちの手に手をつないだ
友情のきずな、死ぬまで変ることはないであろう。
さて、お前にこの仕事をやってもらっている間《かん》に
わたしは后《きさき》のもとに行って、インドの少年をもらい受ける、
もらい受けたら目の魔法を解いてやる、化物に
夢中のあいつの目にな。さすれば万事めでたしめでたし。

ロビン　妖精の王さま、こりゃ急がねばなりませんぜ、
それ、夜の車を引く竜が雲を切り裂いてぐんぐん駆けていく、
切れ目遙かに光るは暁の先ぶれ、明けの明星だ、
あの星が瞬きはじめると、あっちこっちにさ迷う亡霊たちは
ぞろぞろ教会の墓地に戻っていく。四つ辻に
水の底、そこが墓場の救われぬ亡霊どもも、
もう蛆虫《うじむし》だらけの寝床に帰っちまった。
朝日に恥かしい姿をさらしてはならぬ、

みずからが光とは縁を切って、
夜の黒い顔を見つめ続けるのがやつらの定め。

オーベロン　だがおれたち妖精はあいつらとは種類が違う。
おれさまは暁の女神とは遊び仲間、
森を堂々闊歩のさまは森番の役人並み、
するとやがて、東方の門が燃え立つ赤に染まって
大海原に向けて大きく開けば、恵みの陽光のもと、
波また波の紺青《こんじょう》の潮《うしお》も一面の金色《こんじき》に変る。
よし、とにかく急いでくれ、
この仕事は夜明け前に片づけねばならぬ。

［退場］

ロビン　あっちへこっちへ、あっちへこっちへ、
引きずり回すぜ、あっちへこっちへ。
野原も町もおいらの天下だ、
引きずり回すはおいらの得意だ。
ほうら一人来た。

ライサンダー登場。

ライサンダー　どこだ、高慢なデミートリアス。声を上げろ。

ロビン　ここだ、悪党、剣を構えたぞ。どこにいる。

ライサンダー　ようし、いま行くからな。

ロビン　　　　　　　　　　　　　じゃついてこい、

こっちが広いぞ。

デミートリアス登場。

デミートリアス　ライサンダー、返事をしろ。

逃げるな、卑怯者、やい、逃げたのか。

声を上げろ。藪《やぶ》の中だな。どこにもぐった。

ロビン　やい卑怯者、星空相手にから威張りか、

決闘の相手は藪のつもりか、

それでも男か。出てこい腰抜け、洟《はな》ったれ、

お前なんかお仕置棒でたくさんだ、剣に掛けたら
剣のけがれだ。

デミートリアス　ようし、そこにいるな。

ロビン　声についてこい、ここじゃ子供の喧嘩の場所だ。

ライサンダー　先回りしていつもさあ来いだ、
来てみると姿がみえない。
あいつめ、ぼくよりずうっと足が速いな、
追いかけるより速いあいつの逃げ足。
おかげでこっちは暗闇のでこぼこ道、となりゃ
ここでひと休みとするか。昇れ、やさしい朝の日、
そのあわい光を少しでも早くここに投げかけてくれ、そのときは
デミートリアスを引き出してきっと恨みを晴らしてやる。［眠る］

ロビン　けっけっけ、ほうい卑怯者、ここまでおいでだ。

デミートリアス　来い、お前こそ卑怯者のくせに。わかってるぞ、
走って先回りして、あっちこっち場所を変えて、

逃げてばかりでまともにかかってこない、
今度はどこだ。

ロビン　こっちだよう。ここにいるぞう。

デミートリアス　くそっ、からかってるな。いまにみてろ、
朝日でお前を見つけたらひどいからな。
それまでは勝手にしろ。もう気が遠くなりそうだ、この冷たい
寝床に横になって手足を思いっきり伸ばすしかないな。
朝が来たらいいか、挨拶を覚悟しろよ。　［眠る］

ヘレナ登場。

ヘレナ　ああ、いやな夜、長くてつらい夜、
もうお前の時間なんかいらない。早く東から慰めが
輝いてくれればいい、朝の光の中アテネに戻れるように、
あわれなわたしを忌み嫌うあの人たちから離れて。
そして眠りよ、ときに悲しみの瞼《まぶた》を閉ざしてくれる眠りよ、

しばしの間このわたしをわたしの体から連れ出しておくれ。　［眠る］

ロビン　まだ三人だよ、も一人おいで、

男と女と二二《にんに》が四人。

そら来たぷりぷり泣き虫女。

キューピッド小僧は罪つくりだよ、

あれな娘を泣きわめかせる。

ハーミア登場。

ハーミア　ああ、なんてつらい、なんて悲しい、

夜露にまみれてびしょびしょ、茨《いばら》にかかってずたずた。

もう歩けない、這《は》うことだってできない。

いくらあせっても足がもう言うことを聞かない。

朝日がさすまでここで休みましょう。

ライサンダーにお護りを、決闘のときには。　［眠る］

ロビン　眠れすやすや

大地を枕。
　恋する男よ
　その目の上に、
　　　　　　　　　　　　　　　　［ライサンダーの目の上に花の汁を搾《しぼ》る］
この妙薬を塗ってあげよう。
　目覚めて目にする
　花のかんばせ、
　なんとうれしや
　元の恋人、
さあたっぷりと楽しむがよい。
これでいいよ　諺《ことわざ》どおり、
男に女、女に男、
目覚めてめでたい男女の　縁《えにし》。
　ジャックとジル、
　破《わ》れ鍋に綴《と》じ蓋、
雄と雌とが元の鞘《さや》に納まり、

四海波静かとござい。

［退場］

［ライサンダー、デミートリアス、ヘレナ、ハーミアは眠ったまま］

［第四幕第一場］

ティターニア、ボトム、妖精たち登場。オーベロンもその背後に登場。

ティターニア　ねえ、この花の褥《しとね》に坐って下さいな、そのかわいいほっぺを撫で回してあげましょう、すべすべしたお頭《つむ》は麝香《じゃこう》ばらで飾りましょう、大きな美しいお耳には口づけを。ああかわいいわ。

ボトム　豆の花はいるかね。

豆の花　はい、ここに。

ボトム　ちょいと頭を掻《か》いておくんなさい。蜘蛛《くも》の糸さんは？

蜘蛛の糸　はい、ここに。

ボトム　蜘蛛の糸さんや、すまないがね、ちょいといっちょう道具を持って、薊《あざみ》のてっぺんに止まってる赤っ尻《ちり》の丸花蜂を殺してきておくんなさい。ついでにすまないが蜜袋も頼みますよ。あんまり張りきって無理しなさんなよ。それにいいかな、蜜袋が破れんようにな、蜜袋の蜜で溺れたりしては気の毒だからな、え、君。芥子《からし》の種さんはどこかね。

芥子の種　はい、ここに。

ボトム　男同士の握手といこうぜ、芥子の種さんよ。いいんだ、いいんだ、もうお辞儀なんか。

芥子の種　はて何のご用で。

ボトム　ご用たって、なあに、お侍《さむれえ》の蜘蛛の糸と一緒に頭を掻く手助けをしてもらいたいんだがね。床屋へ行かなきゃならんのかな、どうも顔のあたりがひでえもじゃもじゃのようなんでね。感じやすいたちなんだよ、おれは、驢馬《ろば》みたいに毛がちょいとこそばゆいだけでもう掻かずにいられないんだ。

ティターニア　ねえ、いとしい方、音楽はいかがでしょうか。

ボトム　音楽ときたらおれはちょいとうるさいんだ。じゃあひとつどんちゃかちゃっちゃのばかっ囃子《ぱやし》でもやってもらおうか。

ティターニア　それとも、ねえ、なにか召し上ります?

ボトム　召し上るとも、飼葉をひと桶。上等の乾いた烏麦ならむしゃむしゃやりたいねえ。待てよ、干し草もひと束ぜひ所望しようか、上等の干し草、甘い干し草、こたえられんからねえ。

ティターニア　おりますのよ、あなた、勇敢な妖精が一人、栗鼠《りす》の倉を襲わせて新しい胡桃《くるみ》を持たせましょうか。

ボトム　それよりか干し豌豆《えんどう》を一つかみか二つかみほしいな。いやまあいいか、ご家来衆に構わんように言ってもらいましょう、めっぽう眠気の催しが開催してきやがった。

ティターニア　お眠りなさいな、わたしの腕に抱かれて。
妖精たち、お退《さが》り、みんな散り散りに。

［妖精たち退場］

昼顔はすいかずらにこうやってやさしく
からみつく。女は蔦《つた》になって節くれだった
男の楡《にれ》の小枝に巻きついて離れない。
ああ、かわいい！　かわいい、とっても！

［両人眠る］

ロビン・グッドフェロー登場。

オーベロン　ロビンか、ちょうどいいところへ。どうだ、
いい眺めだろうが。ここまでだらしなくなると、もう不憫《ふびん》に
思えてくる。さっきも森の奥で出会ったら、なんと
このみっともない阿呆《あほう》に贈るのだと花など摘《つ》んでいた。
きつく叱りつけてまた口論になったが、なにしろ
こいつの毛むくじゃらの頭に円い花の王冠を載せようと
一生懸命、せっかく香り高い美しい花だというのに。
以前は大粒の真珠さながらに
蕾の上に光っていた円い露玉も、
今は可憐な花の目の底に落ち込んで、
恥かしい自分の境遇を悲しむ涙の玉のようだった。
こっちは思う存分なじってやったよ、

すると優しい口調でわしの許しを乞うた。
例の取り換え子を寄越《よこ》せと言ったら、
すぐに応じて、家来の妖精に
この国のわしの四阿《あずまや》に送り届けさせた。
あの子を手に入れた以上、あいつの目の
忌わしい迷いを解いてやろうと思う。
ではパックよ、アテネのこの下賤な男の首から
化け物の頭を外してやれ、
こいつもほかの四人と一緒に目覚めれば、
揃ってアテネに戻ることができるだろう、
今夜の出来事も、所詮は一夜の夢の中、
夢のもたらす荒唐無稽と納得するだろう。
まずその前に妖精の女王の悪夢を解いてやらねば。

［ティターニアの目の上に薬草の汁を搾《しぼ》る］

元のお前に戻るがいい、

元の見る目で見るがいい、
キューピッドの花の魔力を消し去る
これぞダイアナの蕾の恵みの力。
目覚めなさいティターニア、わが后《きさき》よ。
ティターニア あ、オーベロン！ いやな夢を見ていたの、
驢馬《ろば》に夢中になっている夢でした。
オーベロン そこにお前の恋人がいるぞ。
ティターニア どうしてこんなことになったのかしら？
あ、いやだ！ もう見るのもいや、この顔。
オーベロン まあ待ちなさい。ロビン、この頭を外せ。
ティターニアは楽師たちを呼べ、この五名の感覚を
常の眠りよりももっとふかぶかと眠らせるのだ。
ティターニア さあ、楽師たち！ 眠りを誘う音楽を頼みますよ。
ロビン ［ボトムから驢馬の頭を外す］ お前が目覚めたそのときは、元に戻るぜ阿呆《あほう》の目の玉。

［静かな音楽］

オーベロン　音楽を奏でろ。
さあ后《きさき》よ、手を取り合って、
この者たちの眠っている大地をやさしい揺り籠《かご》にしてあげよう。
これであなたとわたしは新婚の仲直り、
明日《あした》の夜はシーシアス公のお館《やかた》へ、
祝いの踊りもめでたくにぎやかに、
館の弥栄《いやさか》を祈念するとしよう。
この二組の恋人たちも同じ館、
シーシアスと一緒に盛大な結婚の式だ。

ロビン　王さまお聞きなさいませ、
あれは雲雀《ひばり》の朝の歌。

オーベロン　后よわれらも粛々と、
去り行く夜の影を追い、
丸い地球の裏側へ、

さ迷う月よりなお早く。
ティターニア　それではあなた空の旅、
語って聞かせて下さいな、
人間たちと地の上に
眠って過ごした夜の夢を。
［オーベロン、ティターニア、ロビン・グッドフェロー退場］
［角笛の音。ライサンダーとハーミア、デミートリアスとヘレナは眠ったまま］
シーシアス、ヒポリタ、イジーアス、お供の従者たち登場。
シーシアス　だれか、森役人を探してくれ。
五月祭の行事も万事とどこおりなく、いよいよ
朝の光の先陣を迎えようとするいま、
わが恋人に猟犬どもの合唱を聞かせたい。
西の谷間であいつらの紐《ひも》をほどいて走らせろ。
さ、急げ、森役人を探してちゃんと言うのだぞ。

［従者一人退場］

では后《きさき》よ、あの山の頂きに登って
耳を傾けるとしよう、猟犬どもの声がこだまして
響き合う混乱の合唱だよ。

ヒポリタ　むかしヘラクレスとカドモスとご一緒した
クレタ島での熊狩り、スパルタの猟犬のそれはもう
みごとな吠え声だったこと。森かげだけでなく、
空の隅々、泉という泉、近隣のすべてが
一つになって声をあげているかのよう、あれほどの合唱は
二度と聞いたことがありません、不調和の調和というか、
美しい雷鳴というか、あれほどのものは。

シーシアス　わたしの猟犬もスパルタ種だ、
顎《あご》はちゃんと大きく垂れて、赤褐色で、左右の耳も
朝露を払って形よく垂れ下がっている。
膝《ひざ》の曲がりよう、テッサリアの牡牛のような喉《のど》元の下がり具合、

追跡は遅いが、声は一頭ごと次第にくぐもって、響き合う
一組の鐘のようだ。猟犬どものあの合唱、勢子《せこ》の掛声、
角笛の合図がまたみごとな伴奏になる。クレタでも、
スパルタでも、テッサリアでも、これ以上のものがあるものか。
まあ聞いてみることだよ。待て、これは森の乙女たちか？

イジーアス　殿、ここに眠っておりますのはなんとわが娘、
ややこの男はライサンダー。こちらはデミートリアス。
それにこれはヘレナ、宿老《しゅくろう》ネダの娘の。
何でまた四人一緒にここに。

シーシアス　きっと五月祭の行事で早起きしたのであろう、
それでわれらの意図を聞き及んで、
婚儀を祝う準備にここに来たのだな。
そういえばイジーアス、今日はハーミアが
いずれか選択の返事をする日だったな。

イジーアス　さようでございます。

シーシアス　だれか、狩の者たちに角笛を吹かせて四人を起こしてやれ。
［別の従者登場］
［舞台奥で角笛の音、叫び声］
［ライサンダーとハーミア、デミートリアスとヘレナ、驚いて起き上がる］
お早う、諸君、ヴァレンタインの祭日は過ぎたぞ。
ここの森の小鳥たちは今やっと番《つが》いになるのかな。
ライサンダー　お許し下さい、殿。
［ライサンダーに合わせて三人も跪《ひざまず》く］
シーシアス　まあいい、立ちなさい。
たしかお前たち二人は恋敵同士のはずであったが。
いったいこのおだやかな和合はどうしたというのだ、
憎み合いながら相手を疑うことをせず、
敵と相並んで寝入って不安な敵意を感じないとはな。
ライサンダー　畏《おそ》れながら、お答え申し上げようにもまるで五里霧中、
眠っておりますのやら、目覚めておりますのやら、いまだここに

参りましたいきさつさえもわれながら判然といたしません。
ですが思い返しますと、畏《おそ》れながら真実のお答えとして、
いま思い返してみて、これだけは確か、
わたくしはハーミアを連れてここに参りました。二人の目的は
アテネを遠く離れること、離れさえすれば
アテネの恐ろしい法律も及ばぬであろうから――
イジーアス　それ、それ。それだけで十分でございましょうが、殿。
お裁きを、どうかお裁きを、この男の上に。
二人は駈落ちだぞ、デミートリアス、駈落ちしようとしくさった、
すんでのところでわしもお前もだまされるところだった、
お前は妻を、わしは父親の承諾をだまし取られるところだった、
娘はお前の妻にとわしは承諾していたのだからな。
デミートリアス　申し上げます、ヘレナが教えてくれました、
二人の駈落ちの話、この森で落ち合うという二人の計画を。
かっとなったわたくしは、二人を追ってこの森に、

ヘレナもわたくしを慕ってこの森に。
それが、いったい何の魔力によるものか、
いや魔力としか言いようがございません、ハーミアへの愛は
淡雪のように融《と》け去って、いまではまるで
子供の頃に夢中になった
たわいもない玩具の思い出。
わが心の真実、わが心の中核、
わが目の対象、わが目の喜び、それはもう
一《いっ》にかかってヘレナ。ハーミアを見る前、確かに
わたくしはヘレナと婚約しておりましたが、一時の病いの
ときのように、この日常の食べものを毛嫌いしたのでございます。
ですが健康を回復し本来の味覚を取り戻した今は、
この好物を求め、これを愛し、これに焦がれ、
二度とふたたびこれを裏切るようなことはございません。
シーシアス　美しい恋人たちよ、ここで出会って幸いであった。

くわしい話はまたあとで聞くことにして、
なあイジーアス、ここはひとつわたしの意向に従ってくれ。
このあとすぐの神殿での婚儀、われらと一緒に
この二組にも永遠の契りを結ばせてやりたい。
さて、朝の日もだいぶ高くなったようだ、
今朝《けさ》の狩は取り止めにしよう。
それでは揃ってアテネへ。三組の夫婦が揃えば
いよいよ盛大な婚儀の大宴会になる。
行こう、ヒポリタ。

［シーシアス、ヒポリタ、イジーアス、お供の従者たち退場］

デミートリアス　これまでのことが小さくぼんやりかすんでいく、
まるではるかな山脈《やまなみ》が重なる雲に溶けていくように。

ハーミア　右の目と左の目と別々に見ているように、焦点が外れて
一つ一つが二重にみえてくる。

ヘレナ　わたしもそう。

デミートリアスは見つかったけど、拾った宝石みたいに、
わたしのもので、わたしのものでないような。

デミートリアス　ねえ、ぼくたちは
本当に目が覚めているのだろうか。まだ眠っているみたいだ、
夢の中にいるみたいだ。公爵は確かに
ここにいたんだよね、一緒に来るように言ったんだよね。

ハーミア　大丈夫、わたしの父もいた。

ヘレナ　ヒポリタさまも。

ライサンダー　公爵が神殿について来いって確かに言ったよ。

デミートリアス　じゃきっと目が覚めてるんだ。ようし急ごう、
そして道々ぼくたちの夢の話をしよう。

［ライサンダー、ハーミア、デミートリアス、ヘレナ退場］

ボトム［目を覚ます］　きっかけになったら呼んでくれ、返事するから。次のきっかけは「うるわしのピラマス」か。あーあ［あくびをする］。おういピーター・クインス？　鞴《ふいご》直しのフルート？　鋳掛屋のスナウト？　スターヴリング？　あれれ！　さては

逃げてしまったのか、寝ているおれを置きざりにして。まあしかし世にも珍しいものを見ていたよなあ。あれはたしかに夢なんだろうが、さてどんな夢かは人間の知恵じゃ言えっこないよ。あの夢を説明しようなんてやつは人間じゃないぜ、驢馬《ろば》だぜ。どうやらおれがその驢馬に――いやいや、人間にその先言うことはできんとも。ここには確か大きな耳が――いやいや、おれがいま思ってる先を言おうってやつは阿呆《あほう》じるしの気ちがい野郎だぜ。おれの見た夢は、人の目いまだ聞かず、耳いまだ見ず、人の手にて味わいえず、舌にて思いえず、心にて話しえざる、まあそういった夢だったよ。こいつはひとつピーター・クインスに頼んで、おれの夢を流行《はやり》歌に書いてもらおう。題は、「ボトムの夢」がいいや、なにしろこの夢はボトンと底が抜けてるから「底なしの夢」って副題をつけよう。それで芝居の終りのあたりで殿さまのご前でご披露といくか。それともなにかな、わが恋人の臨終のときの方がもっと客受けするかな。

〔退場〕

〔第四幕第二場〕

クインス、フルート、スナウト、スターヴリング登場。

クインス　ボトムの家に探しにやったかね？　まだ帰ってないかね？
スターヴリング　なんの手がかりもないよ。きっと攫《さら》われちまったんだ。
フルート　あの人がいないと芝居はおしまいだよ。やれっこないもんな。
クインス　ま、できないな。アテネじゅう探したって、ピラマスをやってのけるってのはあいつのほかにないからな。
フルート　いないよ。アテネの職人仲間でなんたってあの人がいちばんの切れ者だ。
クインス　そうだ、それにいちばんの色男だ。あいつのいい声ときちゃ天下の愛人だ。
フルート　天下の名人て言いなよ。愛人だなんて、おれはいやだよ、なんだかいやらしいよ。

スナッグ登場。

スナッグ　やあみんな、殿さまは神殿からお帰りになるとこだ。ほかにも二組か三組、お若い男女がたの結婚があったっていうぜ。おれたちの芝居がやれたらみんな出世できたのになあ。
フルート　ああ、ボトムの大将がいたらなあ。あいつもご褒美をもらいそこなったよ、一日六ペンス死ぬまでもらえたってのに。どう考えたって一日六ペンスは固かったよ。あいつのピラマスを見れば、殿さまが一日六ペンス出さないわけがないもんなあ。それだけの値打ちはあるとも。ピラマスで一日六ペンス、こりゃもう絶対だ。

ボトム登場。

ボトム　どこだい、連中は？　いるかい、皆の衆？

クインス　ボトムだ！　こいつは豪気だ！　こいつはうれしいぜ！

ボトム　みんなもおれから聞きたいだろうな、世にも不思議な物語——けどなあ、どんな物語か聞いてくれるな、これを語っちゃおれは気ちがいってことになる。——ようし洗いざらい語って聞かせようか、ちゃんと順を追って。

クインス　聞かせてくれよ、ボトム。

ボトム　やっぱりだめだ、おれにはなんにも話せねえ。いま話せるのは、おういみんな、殿さまの宴会は終ったぞ。さあ、衣裳をまとめろ、髭《ひげ》には丈夫な紐《ひも》を忘れるな、靴には新しいリボンをつけろ、すぐに御殿に集合だ、めいめい台詞をさらっておけよ。いいかみんな、とどのつまりのどんづまり、おれたちの芝居が採用された。となりゃとにかくシズビーには洗いたての上着だ、ライオン役は爪を切っちゃ困るぜ、ライオンの爪は長く伸びてるもんだからな。そうだ役者たち、玉葱とにんにくを食べるなよ、芝居はいい息でやらなきゃな、いきのいい喜劇だって大評判疑いなしだ。話はこれまで。行こうぜ！　元気潑剌《はつらつ》、みんな行こうぜ！

［全員退場］

［第五幕第一場］

シーシアス、ヒポリタ、フィロストレート、廷臣たち、従者たち登場。

ヒポリタ　不思議な話ですよね、シーシアス、あの恋人たちの話は。

シーシアス　とうてい真実とは思えない。わたしはね、昔の物語とか、妖精のおとぎ話とか、信じられぬたちなのだ。

恋人と狂人の脳は熱く煮えたぎっていて

存在せぬものを妄想する、冷静な理性では

理解しえぬことを勝手に空想してしまう。

気ちがい、恋する者、そして詩人、

あいつらは全身が想像力の固まりだ。
広い地獄に納まりきれぬほどの悪魔が見えてくる、
これが狂人だ。恋する者もこれに劣らず狂っていて
ジプシー女の顔に傾国の美女を思い描く。
詩人の目となると、これはもうみごとな狂乱ぶり、
地上から天上、天上から地上へと瞬時のうちに駆けめぐり、
想像の力によって未知なるものを
具象化する、と、たちまち手にするペンで
これを明確な形に描き上げ、本来空無なるものに
所在の場と名前を付与する。
そういう特技があるのだよ、強烈な想像力には、
だから突然なにか喜ばしい気分になると
その喜びをもたらすものを具体的に空想する。
逆に夜《よる》になにか恐怖に襲われたりすると、
茂みが簡単に熊にみえてしまう。

ヒポリタ　ですが昨夜の話の一部始終を聞いておりますと、
四人揃って心変りしたというのでしょう、
ただの空想、幻想というだけでは片づけられない
なにか首尾一貫したものが感じられます。
でもたしかに不思議といえば不思議ですよねえ。
シーシアス　そら恋人たちの登場だ、喜びがこぼれ落ちそうだ。

ライサンダーとハーミア、デミートリアスとヘレナ登場。

やあおめでとう、愛の喜びが日々新たに
君たちの心に宿るように。
ライサンダー　お喜びは畏《おそ》れながら
お二方にこそ、ご起居、ご食卓、ご寝所に。
シーシアス　さあて、仮面劇かな、舞踏会かな、
デザートから寝に就くまで三時間、
この長い時間をなんとか過ごさねばならぬのだが。

余興の係りの者はどこかな？
どのような用意がある？　芝居はないのか、
時の責め苦を和らげてくれるような。
フィロストレートを呼べ。
フィロストレート　御前《おん》に。
シーシアス　どうだ、無聊《ぶりょう》の時を縮める今宵の趣向は？
仮面劇は？　音楽は？　時の歩みのこののろさ、
なにか楽しみがなくてはとても紛らわせるものではない。
フィロストレート　用意の整いおります余興の一覧がここに。
畏《おそ》れながらご覧いただき、まず第一の候補を。
［シーシアスに紙片を渡す、シーシアスはそれをライサンダーに］
ライサンダー［読む］「ケンタウロス族との戦い」、
「吟唱アテネの閹人《えんじん》某、竪琴による伴奏」。
シーシアス　それはもういい、わが従兄弟《いとこ》ヘラクレスの
この功業譚はすでにわたしがヒポリタに語り聞かせた。

ライサンダー　「バッコスの信女ら酒乱蛮行の景、激忿《げきふん》トラキアの楽人の峻刑《しゅんけい》に及ぶ」。

シーシアス　古くさい出し物だ、以前わしがテーバイを征服して凱旋した折に見せてもらったぞ。

ライサンダー　「三・三が九柱《はしら》の詩神、学識の死を慨嘆す、近年貧窮のうちに身罷《みまか》りしとや」。

シーシアス　それは世相諷刺だな、辛辣にして批判的とあっては婚儀にふさわしくない。

ライサンダー　「若きピラマスと恋人シズビーの冗長にして簡潔なる一場、悲劇的滑稽劇」。

シーシアス　滑稽にして悲劇的、冗長にして簡潔だと？　それでは熱い氷、奇妙不可思議なる雪のたぐい、はてこの不調和をどう調和させたらよいものか。

フィロストレート　畏《おそ》れながら殿、芝居と申しましてもわずかに十語ばかり、簡潔と申せばおよそ簡潔、

ですが十語をもってしても、長すぎること冗長と呼ばれるに
ふさわしいかと存じます。なにせ全篇に一語として適切なる
台詞なく、俳優に一人《いちにん》として適役なる者がございません。
悲劇的はたしかにそのとおり、
なにせピラマスは劇中において自刃いたしますからな。
その下見をいたしましたが、いやまったくもって
わが両の目は水しぶき、いえ感極まってこれほどに
笑い転げた笑いの涙はこれが初めてでございます。

シーシアス　どういう者たちだ、演じるのは？

フィロストレート　手の皮の節くれだったアテネの町の職人ども、
もとより頭脳を労したためしなどなく、
それが慣れぬ知恵をふりしぼり、殿のご婚儀に
ぜひともこの芝居をと、ようよう覚え込んだのでございます。

シーシアス　それにしよう。

フィロストレート　いいえお止し下さいませ。とても

ご覧いただけるようなものではございません。わたくしも一応通して
見てみましたが、それはもう出鱈目《でたらめ》ともなんともあきれ返った代物《しろもの》。
ただまああの者たちの殊勝な志だけはどうか嘉《よみ》し下さいますように、
なにしろ殿をお慰めしようと懸命一途《いっと》、血と涙で
覚えようとしたのでございますから。

シーシアス　よし、その芝居にする、
純朴忠義の志のある限り
結果になんの不足があるものか。
さあ、連れて来てくれ。ご婦人方、席におつきなさい。

［フィロストレート退場］

ヒポリタ　下々《しもじも》の者たちがかわいそうに重荷を背負ってせっかくの
ご奉公を台なしにするなんて、わたくしは見たくありません。
シーシアス　なあに大丈夫、そんなことになりはせん。
ヒポリタ　でも、まるで経験のない者たちだとか。
シーシアス　経験のない苦労を軽減してやるのが君主たるの思いやり、

失敗を心配させぬ心配りが君主たるの楽しみ、
下々《しもじも》の忠義は出来ばえではなく心ばえで受けてやるのが
君主たるの仁徳《にんとく》、か。
いや、わたしが訪ねた先で、大学者たちが揃ってわたしを
迎えて、あらかじめ練り上げた歓迎の辞を述べようとした。
それがだな、いざとなると体は震える、顔色はまっ青《さお》、
せっかくの文章が途中でとぎれる、
練習のかいなく臆して言葉が詰まる、
とどのつまりは押し黙ったままあえなく中絶、
歓迎どころの話ではなかった。だがな、ちゃんとわたしは
その沈黙から歓迎の心を汲み取ってやった、
恐懼《きょうく》に打ち震える恭順の中に、
わたしは、臆面もなくまくしたてる立て板に水の
雄弁以上の忠誠を読み込んだのだ。
愛だって、いいかね、舌の回らぬ純朴と同様、

最も少なく語るのが最も多くを語る、これがわたしの信条だ。

フィロストレート登場。

フィロストレート　畏《おそ》れながら口上役の登場と相なりますが。

シーシアス　よろしい。

［トランペットのファンファーレ］

口上役のクインス登場。

クインス　ご不興を蒙《こうむ》るはもとよりわれらが志。
には非ずして志すはすなわちご不興。
ならぬわれらが拙《つたな》き芸のお慰め。
こそがわれらの目的のそもそもの発端にて。
われらの胸には謀叛の心。
などありえましょうやわれらが忠誠。
これぞわれらの思いにて願うはわが君のご絶望。

ならざるわが君の心からなるご満足。
をと役者どもの用意、相整いましたればこれより
黙劇、にて芝居の筋の仔細をばご覧に供しまする。

シーシアス　この男は句読点などまるで頓着せぬのだな。

ライサンダー　前口上も暴れ馬を乗り回す具合、なにしろ停め方を心得ませぬようで。それでは教訓を一つ――語るにおいては口を動かすのみにては足らず、動かす口は正確をもって旨とすべし。

ヒポリタ　口上もなにも子供の笛の練習ですよね、音は出るけど押さえがきかない。

シーシアス　それとももつれた鎖かな、まだこわれたところはないが、全体がまるでめちゃめちゃだ。さて、お次はだれかな？

ピラマス役のボトム、シズビー役のフルート、土塀役のスナウト、月光役のスターヴリング、ライオン役のスナッグ登場。

クインス　ここにお目にかけまする黙劇、皆さまにはさぞやご不審の多からんも、それ、真実はきっと顕《あらわ》るるとか。

これなる男子はピラマス、なにとぞさよう思し召せ、
これなる美女はシズビー、明々白々のシズビー、
石灰と漆喰《しっくい》にまみれたるはすなわち土塀、
二人の恋人を分かち隔てる憎《にっく》き土塀、
あわれや土塀の隙間より二人は交す愛のささやき、
遠くて近きは男女の仲とか。
さて角燈を手に犬を連れ、柴木を背負いたるは
なにを隠そう月の姿。やむにやまれぬ恋人らは、
なんと、月の光を頼みにして逢引を企てる、
向こうはそれそれナイナスの御霊屋《みたまや》。
ここにいとも恐ろしき動物あり、その名をライオンとかや、
さても恋のまことのシズビーが、まず出《い》で来たる夜の中、
いやもう驚くまいことか、怖さも怖し一目散、
驚き逃がるるその隙《すき》に、思わず落すは布マント、
そのマントをばライオンめ、嚙《か》んでしだけば血の痕《あと》残る。

やがて現れたるは美丈夫ピラマス、
見ればなんと、食い殺されたかシズビーのマント。
血痕、血涙、血気、血相、
血誠、血刃《けつじん》、以血流血。
片やシズビーは桑の木の陰、たちまち借りるは
ピラマスの血刀《ちがたな》。さあてお後は見てのお楽しみ、
ここに控えますするライオンに月光、土塀、恋人両名、
なにとぞくわしくご高覧下さりませ。
［クインス、ボトム、フルート、スターヴリング、スナッグ退場。］
［スナウトが残る。］
シーシアス　はてはて、ライオンが口をきけるのかな。
デミートリアス　きけますとも。間抜けな驢馬《ろば》どもが揃って口をきいている世の中です、ライオンの一頭ぐらいは。
スナウト　本劇におきまして、わたくし名はスナウト、
なんと土塀の役を相勤めることと相なり、

願わくばこの土塀にはひび割れと申しまするか、
穴の割れ目があるものとお考えいただきたく、
この割れ目を通しましてピラマスとシズビーの両人は
恋の思いを内密にささやき合うのでございます。
この粘土、この漆喰《しっくい》、この砂利が、
嘘いつわりなくわたくしが土塀である証拠。
それ、右から左へと通じますこの穴こそ、
震えおののく恋人二人、ささやき交す恋の穴。

シーシアス　粘土に髪の毛の漆喰がこんなに上手に話すとはな。

デミートリアス　こんなに理路整然としゃべる塀ははじめてです、学者の本も顔負けですよね。

シーシアス　そらピラマスが塀に近づいてきた。謹聴謹聴。

ピラマス役のボトム登場。

ボトム　ああ恐ろしげなる夜よ、ああまっ黒けの夜よ、

ああ夜よ、昼でなければ夜よ、
ああ夜よ夜、ああ、悲しきかな夜よ、
シズビーの約束、忘れ去られたるにや。
ああ汝土塀よ、やさしき土塀、いとしき土塀よ、
かの人の父上の邸とわが父上の邸とを隔ておる塀よ、
ああ塀よ塀、やさしき土塀、いとしき土塀よ、
その割れ目を示せよ、この目をもって覗《のぞ》きうるように。

［スナウトが指を挙げて隙間をつくる］

かたじけないぞ親切な塀よ、この親切にジョーヴの神のご加護を。
や、や、や、シズビーの姿が見えぬ。
ああ意地悪な塀よ、わが女神の姿を隠すとは、
ああ汝の砂利に呪いあれ、これぞ裏切りの罪。

シーシアス　塀だって生きているのだから言い返すべきだと思うがな。

ボトム　いいえ、実はってえとそうはならないんで。「裏切りの罪」ってのがシズビーの出のきっかけで、あいつは今すぐ出て参ります。あっしが塀越しにちゃんと見つ

けますんで。大丈夫、いま言ったとおりになりますから。そうら来ました、来ました。

シズビー役のフルート登場。

フルート　ああ土塀よ、そなたはわが嘆きの声を聞きしこと幾十度《いくそたび》、いとしのピラマスとの間をかく隔ておる塀なれば。そなたの身の内の砂利もまたわが花の口づけを受けしこと幾十度、粘土と髪をばそなたの身に縫い込みたる砂利なれば。

ボトム　声が見ゆるぞ。さればこの割れ目に近づきて、シズビーの顔《かんばせ》が聞きうるや窺《うかが》い見ん。

シズビーか？

フルート　いとしの人か？　ああ確かにわがいとしの人。

ボトム　確かもはしかもあるものか、そなたのまことのいとしの人、わが愛の真実はとんとこ変らぬ男《おのこ》の愛。

フルート　ならばわたしの愛とても、しっけて変らぬ女子《おなご》の愛。

ボトム　いにしえよりの夫の愛、ずいくんぞ及ばんわが愛に。
フルート　いにしえよりの妻の愛、になとて及ばんわが愛に。
ボトム　ああこの忌わしい塀越しに口づけをたもれ。
フルート　塀の穴には口づけしても、そなたの唇は遠いものを。
ボトム　ボケナスの御霊屋《みたまや》にて会うて下され、即刻に。
フルート　たとえ火の中水の中、なんで遅れてなるものか。

［ボトムとフルート退場］

スナウト　これにて無事勤め終えたる土塀の役、
　終えたとなれば土塀は早速退場。

［退場］

シーシアス　いよいよ月の出番だな、隣り同士の恋人たちに。
デミートリアス　なにしろ土塀に耳のある世の中では月にお願いするほかありません
　ね。
ヒポリタ　こんなばかばかしいお芝居ははじめてです。
シーシアス　芝居など最高の出来でもただの影法師だよ、逆に最低のものでもそれな
　りの取り柄がある、想像力で補ってやればな。

ヒポリタ　でも補ってやるのはあなたであって、もともとあの者たちのものではないのでしょうに。

シーシアス　われわれ観客がだね、役者の立場に立って、役者の想像力で想像してやれば、あいつらだってあっぱれ名優として通用するだろうさ。そら、あっぱれ名優の動物が二匹登場だ。

ライオン役のスナッグと月光役のスターヴリング登場。

スナッグ　ご婦人方の皆さま、そのおやさしいお心では
床を這《は》い回る小鼠《ねずみ》でも皆さま方には化物並み、
ましてや野獣のライオンが唸《うな》りを上げて吼《ほ》えたとなったら、
さぞかしがたがたぶるぶるで、いっかな震えが止まらない。
ですがあっしはね、建具職のスナッグの獰猛なライオン、
けっしてその本物の牝ライオンではございませんで、
本物がここまで人を食い殺しに現れたんじゃ、
くわばらくわばら、命あっての物種。

シーシアス　ずいぶん礼儀正しいライオンだな、それに思いやりもある。
デミートリアス　あれほど上等の野獣ははじめてです。
ライサンダー　ライオンのくせに勇気は狐並み。
シーシアス　まったくだ、知恵は鵞鳥《がちょう》並みか。
デミートリアス　畏《おそ》れながら、狐は追っかけて鵞鳥を捕まえます。となると勇気が知恵を捕まえることに。
シーシアス　いやいや、あいつの知恵では勇気の方が逃げ出す、となると鵞鳥の足では狐は捕まらんな。どうだ、これで一本、あとはあいつの知恵にまかせて、さあ月の言い分を聞こう。
スターヴリング　手にするこの角燈は角《つの》ある三日月を表し――
デミートリアス　角を出すのは月ではなくて蝸牛《かたつむり》の方だろう。
シーシアス　あの男は三日月ではないな、満月の顔だ。蝸牛などとんでもない。
スターヴリング　手にするこの角燈は角ある三日月を表し、
　わが身はすなわち月中の住人。
シーシアス　これはひどい、これまでで最高におかしい。あいつの方が角燈の中に入っていなくてはならんだろう。外に出ていてどうして月中の住人なのだ。

デミートリアス　蠟燭《ろうそく》がこわくて中には入れますまい、なにしろ蠟燭の方でもじりじりいぶって怒ってますから。

ヒポリタ　わたしは月の話にはもうあきあきしてしまいました。月なら早く変ればいいのに。

シーシアス　あいつの乏しい知恵の光に照らしてもうすぐ消えるのは目にみえている。ここはまあ、消えるまで待ってやるのが礼儀というものだ、それに月は欠けるというのが道理なのだからな。

ライサンダー　さあお月さん、先をどうぞ。

スターヴリング　あっしが言いたいのは、この角燈が月で、あっしは柴木を背負って犬を連れた月の中の人間で、ですがこの柴木の束はあっしの柴木の束、この犬はあっしの犬なんで。

デミートリアス　とにかくみんなしてその角燈の中に入らなけりゃ、だってみんな月の中にいるはずなんだろう。あ、静かに、そらシズビーが現れた。

シズビー役のフルート登場。

フルート　ここは年経《ふ》りたるボケナスの御霊屋《みたまや》、わが恋人はいずくに？

スナッグ［吼《ほ》える］　うおう！

［フルート走り去る］

デミートリアス　ようようライオン、うまい吼えっぷり。

シーシアス　ようようシズビー、うまい逃げっぷり。

ヒポリタ　ようようお月さま、うまい照りっぷり。ほんとにごりっぱに照ってること。

［スナッグがフルートのマントをくわえて振り回す］

シーシアス　ようようライオン、うまい嚙《か》みっぷり。

ピラマス役のボトム登場。

デミートリアス　いようピラマス、待ってました。

ライサンダー　いようライオン、ご苦労さん。

［スナッグ退場］

ボトム　ああやさしい月、ありがたや真昼のごと、
あなありがたやありがたや、その明るき光、
きらきらきらめく銀の月、
ぎんぎんぎらぎら君恋し。
　待てしばし、ああ！
見よや見よ、恋の男《おのこ》、
ここなるは、ああ悲嘆の極みか？
目よ、見ゆるか、
　この地獄図、
ああ君よ君、いずくにかある。
　うるわしのマント、
　血にまみれたる。
来たれおぞましき復讐の女神ら、
　ささ、運命の女神らも、
絶ちて切れ、命の玉の緒、

たけだけしく絶ち絶ちて絶ちて絶ち切れ。

シーシアス　あの悲しみようも、大事な恋人に死なれたのなら、だれだって表情に表れて無理はないか。

ヒポリタ　あらいやだ、あの男が憐《あわ》れに思えてきたりして。

ボトム　ああ造化の女神よ、なにゆえにライオンを造りしや、
わが恋人の花の命をもぎ取ったる憎《にっく》きライオンを。
この世に咲き誇る——いやいや、かつて咲き誇りたる
絢爛《けんらん》の美女、最愛、熱愛、鍾愛《しょうあい》の美女。
　泣けよ泣け、血の涙、
　貫けよ貫け、鋭き剣、
ピラマスのこの胸の乳首を、
　左なるこの乳首を、
　心《しん》の臓の躍る所を。
われは死す、かくして死す、死す。　［自分を刺す］
　われは死にたり、

わが魂は
はるか彼方、天空の彼方に。
舌よ光るな、
月よ語るな、
ああ死、ただもう死、死、死、死。
［死ぬ］
［スターヴリング退場］

デミートリアス　四、四、四って言ってるけど、賽《さい》の目は一じゃないか、あいつ一人きりなんだから。

ライサンダー　出た目は一にも足りんぜ、死んでしまえばゼロだから。

シーシアス　医者にかかれば生き返るかもしれんぞ、ただし生き返っても人間じゃない、間抜けな驢馬《ろば》のままだ。

ヒポリタ　どうして月が消えたのかしら、これじゃシズビーが戻ってきても恋人が見つけられないでしょうに。

シーシアス　星の明りがあるさ。

シズビー役のフルート登場。

そうら出て来た。やれやれ、あいつの愁嘆場で芝居もおしまいだ。

ヒポリタ　あのピラマスのためですもの、長くやることはないでしょうに。短くてすみますとも。

デミートリアス　あのピラマスにこのシズビー、どっちもどっちの五分と五分。あいつが男だなんてお助けお助け、こいつが女だなんてくわばらくわばら。

ライサンダー　そらもうあのかわいいお目々で恋人を見つけましたよ。

デミートリアス　いよいよ始まる嘆き節、曰《いわ》く――

フルート　眠りこけてか
　恋人よ、さあ
起きて下され、起きてたもれ、
話して下され。
ひえー！　死んだのかえ？
永遠《とわ》に閉じたか二つのお目々。

百合の唇、
　珊瑚の鼻筋、
九輪桜のそのほっぺ、
　こぞって世を去りぬ。
流せ恋人ら、恋の涙を。
緑したたるお目々は採りたての韮《にら》。
　運命の女神ら、
　来たれよわが元に、
ミルクのごときその白き手をば
　いざ血の潮《うしお》にひたせ、
　貴き玉の緒を
絶ちて切りたるむごき手なれば。
　舌よ語るな、
　剣こそがわが友、
ささ、その刃《やいば》をこの胸に。

［自分を刺す］

それでは皆さま、
シズビーの最期、
さらばよさらば、いざさらば。　［死ぬ］

シーシアス　月とライオンは残って死骸の埋葬役か。

デミートリアス　それにまだ土塀も残っております。

ボトム　いいや、とんでもない、間に立って邪魔をしてた父親どもの塀はもう崩れちまったんで。それではいかがでしょう、結びの口上をお目にかけましょうか、仲間が二人してばか踊りでもお耳に入れましょうか。

シーシアス　もう口上は結構だ。お前たちの芝居に申し開きは要らんだろう。申し開きなどするな、役者たちはみんな死んでしまったのだから、もう非難される者はいない。そうだな、これで台本を書いた男がピラマスを演じてシズビーの靴下どめでいっそ首くくりでもしてくれたら、みごとな悲劇になっただろうが、ま、いいだろう、とにかくりっぱな芝居だった。ではそのばか踊りとやらを頼む。結びの口上は要らんぞ。　［踊り］

真夜中の鐘が鉄の舌で十二時を告げた。
恋人たち、おやすみ、もうそろそろ妖精たちのとき。
今夜は夜ふかしをしたぶん
明日《あす》の朝は寝過ごしてしまうかもしれん。
いや、これだけみごとばかばかしい芝居のおかげで
夜の重い時の足どりも感じずにすんだ。さあ諸君、床入り床入り。
これから打ち続く祝賀の二週間、
夜ごとの宴《うたげ》、喜びの趣向も日々新た。

［全員退場］

ロビン・グッドフェロー登場。

ロビン　飢えたライオンが唸り、
狼が月に吠える。
農夫は仕事を終えて
疲れ果てての高いびき。

炉の残り火のかすかな明り、
鳴くは不吉なふくろう、
その鋭い声に、病いに喘《あえ》ぐ
病人は死の経かたびらを思う。
そうれ、夜の時間だ、
墓が大きく口を開いて
亡霊どもを吐き出す時間だ、
亡霊どもは教会の道を音を立てずに進んで行くぞ。
そうれ、おれたち妖精も、
夜をひた走る夜の女神の馬車に合わせて、
日の光などはるか遠ざけて、
闇を追っての夢の中、
さあおれたちの天下だ。鼠《ねずみ》一匹
騒ぐでないぞ、今宵めでたいこのお屋敷。
おいらは先ぶれ箒《ほうき》を持って

隅から隅まで掃除とござい。

オーベロンとティターニア登場、お供の妖精たち続く。

オーベロン　家じゅうに満たせよ夢の明り火、
消えゆく残り火ほのかに掻《か》き立て。
はずんで踊れよ妖精の子ら、
茨《いばら》を飛び立つ鳥たちのように、
歌うはこの歌わたしに合わせて、
踊るは軽やか野を行く足どり。

ティターニア　まずあなたがそらで歌って下さいな、
ひと節ひと節さえずるように。
わたくしたちも手に手を取って、歌いますとも
妖精の歌、このお屋敷の祝福の歌

［歌と踊り］

オーベロン　さあ妖精たち、夜明けまでのとき、

皆してお屋敷じゅうをめぐるのだよ、
わたしら二人は主《あるじ》夫妻のもと、
二人の新床に祝福を授けてあげよう。
そこに生れる子らには
永遠の幸福が約束される。
三組の夫婦もまた、
真実の愛が永遠に変わらない。
造化の女神のふとした疵《きず》が
子らに現れることもけしてない。
ほくろ、兎唇《みつくち》、痣《あざ》の跡など、
誕生のとき忌み嫌われる
不吉な体のしるしのかずかず、
それらが子供らに生じることはない。
この清らかな野の露を
みなみな手にして行くのだよ、

このお屋敷の部屋という部屋、
愛と安らぎで飾るのだよ、
祈るは永久《とわ》なる平安と、
この家《や》の主《あるじ》のしあわせと。
ぐずぐずせずに、それ軽やかに、
夜明けに会うのを楽しみに。

［ロビン・グッドフェロー除き全員退場］

ロビン　わたくしどもはただの影法師にござりますれば、
もしもこのお芝居お気に召さぬとあれば、それ、
皆さまにはここにてしばしまどろまれたと思し召せ、
すべては束《つか》の間の幻にてござりますれば。
まことにはかなくも頼りなきこの芝居、
夢の夢なる一場の夢芝居、なにとぞ
夢幻《まぼろし》とお笑い下さりお見逃しを
いただけますれば一同ありがたく存じまする。

わたくしめも正直者のパック、
このたびのご好意をば身に余るしあわせと心得、
一座一同必ずや精進一途、ご贔屓《ひいき》さまのお叱りを
頂戴するなどゆめあるまじく、このお約束を
違《たが》えましょうならこの身はまさしく嘘八百のパック。
それでは皆さま、ごきげんよろしゅう、
なにとぞ今後の精進をご期待下さり、ささ、
隅から隅までずいずいっとお手を拝借、拝借。

［退場］

終り

シェイクスピア劇を読むために

詩劇としてのシェイクスピア

シェイクスピア劇は詩劇であるとよく言われる。形式面を見ただけでも、現代の劇とは違って、せりふの大部分が改行の詩の形に印刷されている。『真夏の夜の夢』だと詩の形つまり韻文の部分が全体の約八〇%弱、散文が二〇%強（シェイクスピア劇全体の平均は七五対二五）。現代のわれわれの目にこれは少々奇異なものに映るのかもしれない。

しかし、演劇史を遡ってみても、舞台で語られることばは日常会話とは次元を異にする高揚した詩的表現によっていた。それは演劇が原初的に神事・祭事を起源としていたことから自然に納得できると思う。滑稽で猥雑な世俗的要素が舞台に加わると、詩的な緊張が弛緩してせりふは日常会話に近接する。ヨーロッパでは、一九世紀の中頃から時代の直面する問題に真剣に対応しようとするリアリズム演劇が力を得た。日本のいわゆる「新劇」もその世界的な流れの中にあったから、演劇といえば、日常会話の写実に基づく散文劇が一般の常識になった。

詩劇ということで、ここで特に付け加えておきたい。シェイクスピア劇の散文は日常の会話を写しているとみせかけて、そのリズムはもちろん、表現の全体が韻文以上に魅惑的な詩として成立している。それは劇作家である以上だれしもが理想として目ざすところだが、その完璧な達成という点でシェイクスピアは古今東西に比較を絶している。一方韻文の表現でも、特定の詩型によりながら、ときあって、大胆奔放に詩型の規律性から離れて、日常の感覚に柔軟適切に即応するだけの天才をシェイクスピアは備えていた。

それでこそシェイクスピア劇は、韻文散文の全体をくるめて詩劇と呼ばれるのである。となれば、その翻訳は、まずもって詩劇としてのリズム・表現を伝えるものでなければならない。

ブランク・ヴァースの詩型

シェイクスピアが韻文のせりふに用いたのはブランク・ヴァースと呼ばれる詩型である。日本の詩歌だと五・七とか七・五とか音節の数がリズムを構成する。英詩の場合は音節の強と弱の配列がリズムの基準になる。ブランク・ヴァースというのはその配列の基準が弱強調の二音節、それが五回繰り返されて一〇音節の一行になる。

シェイクスピアの古版本の印刷でも、韻文はきちんと行分けされている。本訳も、形式面にこだわるようだが、原文の行分けを尊重して、これに則って組版印刷を行った。訳者としては、印刷での形式へのこだわり以上に、訳文のリズム・表現の面で、シェイクスピアの詩劇の魅力が少しでも伝えられているようならうれしい。

形式ということでは開幕早々に次のような特殊な印刷が出てくる（九ページ一三行目―一〇ページ一行目）――

ヒポリタ　見守ってくれるのです。
シーシアス　　ようしフィロストレート、

これは、ブランク・ヴァースの一行が途中で切り上げられて、残りが次の話者に渡されたことを示すためのレイアウトである。同様のレイアウトは一三ページ一―二行目ほか二個所でもみられ、こうした「渡り」を交えて冒頭の第一幕第一場全二五一行にブランク・ヴァースのリズムがとぎれることなく流れる。なお「渡り」が一行に何回も繰り返される例は、本戯曲では妖精たちのせりふにみられた（七三ページ八―一二行目、七四ページ一〇―一三行目）。

第三幕第二場も、主体はアテネの四人の男女をめぐる恋の混乱のブランク・ヴァースである。この長丁場でもやはり「渡り」がリズミカルに配置されているが、その流れの中で一個所七九ページ一三行目の「わたしも殺してちょうだい。」は特に短い一行に訳されている。ここは原文だと'And kill me too.' の四音節だから六音節の不足になるわけで、その不足分に相応する演技の間《ま》が演出的に、いわばト書としてここに隠されていることになる。ただし、日本語への翻訳は統語法の異なる二国語間の作業だから、この行だけのことに限らず、原文の長短をそのまま等量に訳文に移すことは不可能である。翻訳の限界を超えて、さらに正確な情報を必要とする場合は、直接原文を参照していただくほかない。

脚韻の翻訳

ブランク・ヴァースのブランクとはなにが「空白」なのかというと、韻文(ヴァース)でありながら脚韻が欠けている。そこで日本語でも「無韻詩」の訳語になった。韻文の行末の音を揃える「脚韻」は、日本の詩歌では遊戯的な技巧にしかみられていないが、中世のヨーロッパでは、それに中国でも、それは詩作に必須の約束であった。その約束を無視したブランク・ヴァースがイギリスで行われるようになったのは、シェイクスピアの半世紀ほど前からである。折からイギリス・ルネサンスの文化的活力が、脚韻の規律性にかかずらわない自由な表現を求めたというような説明もできるかもしれない。ともあれ行末に負担のかからないぶん、ダイナミックで自在なリズムが可能になる。長篇の叙事詩をはじめ、なによりも舞台の韻文のせりふにもっぱらブランク・ヴァースが用いられるようになったのも当然のことだった。

しかし『真夏の夜の夢』は、アテネの宮廷の世界と、妖精たちの世界と、劇中劇を演ずる職人たちの世界と、三つの世界が絶妙に組み合わさった戯曲である。このうち妖精の世界は歌も入るし、詩型もブランク・ヴァースを離れてリズムが多様に変化して脚韻が多用される。職人たちのせりふは散文だが、劇中劇はリズム・脚韻とも恋の悲劇の徹底したバーレスク化(同時期の『ロミオとジュリエット』のバーレスク化と言ってもよい)。そうしたシェイクスピアの天才的な脚韻の工夫をここでもそのまま等量に翻訳に移せないのは無念なことだ。

詩型がブランク・ヴァースの場合でも脚韻が動員されている。ここで統計の数字を披露すると、妖精の場面や劇中劇も含めて、脚韻の占める割合は韻文全体の五二パーセント。シェイクスピアのほかの戯曲だと一桁台のパーセンテージだから、五二パーセントは異常に高い。(ほかに五〇パーセントを超えているのは言語遊戯を主題にした初期の傑作『恋の骨折り損』の六六パーセントだけ。)用いられる脚韻の代表は、行末二行の韻を揃えるカプレット(二行連句)である。先に「短い行」の例として挙げた第三幕第二場の 'And kill me too.' にしても、前後にカプレットが連続しているからこそリズムの間《ま》が目立つのである。訳のことで付け加えておくと、たとえば第二幕第一場初めの妖精のせりふ「さようなら、田舎の妖精さん、こっちは急ぎなの。／お后さまがお供を連れてこっちに来るところなの。」(三三ページ一〇―一一行目)の原文は

Farewell, thou lob of spirits; I'll be gone [gɔn].
Our queen and all her elves come here anon [ənɔ́n].

とカプレットになっていて、たまたま「急ぎなの」「ところなの」と二行連句に訳すことができたが、カプレットの連続に次ぐ連続を全部が全部このスタイルで訳すことはできない相談だ。たとえ無理に試みたとしても二言語間の表現体系の相違から珍妙な訳になってしまうだろう。訳者としては、用語の選択やリズムの転換などで精一杯工夫をこらしたつもりだが、志ある読者はぜひ

直接原文に就いてシェイクスピアの表現の天才を確かめていただきたいと思う。

ト書について

ト書についてもぜひ書き添えておきたい。シェイクスピアの古版本では、これまた現代の戯曲と違って、ト書がきわめて少量、禁欲的なのが常態である。一八世紀以降代々の編纂者たちがその少量を補う多様なト書を付け加えてきたが、それぞれの時代の演出法や舞台事情ということもあり、必ずしも適切なト書ばかりではない。従来の翻訳は、その点に無批判のまま、慣行に怠惰に引きずられてきた憾みがあった。本訳では、古版本のト書も含めてそれらをいちいち吟味して、場合によっては本訳者独自のものも加えて、必要最小限のト書に整備した。必要最小限とは、読者の自由な想像力を束縛することのない、あるいは舞台演出の領域を侵犯することのない、というほどの意味である。

第一幕第一場など幕・場割りの表示も作者の意図に基づくものではなかった。古版本では作品によってまちまちで、幕・場割りの一切ない作品もある。『真夏の夜の夢』だと幕の表示がみられるだけ。そうした混乱、不統一を現行の形に整理整頓したのは、一八世紀初頭の編纂者である。

だがシェイクスピア時代の劇場には、引幕にしろ緞帳にしろ、幕というものがなかった。背景もほとんど飾られることのない裸の舞台だった。たとえばこの『真夏の夜の夢』での第三幕第二場から第四幕第一場への「幕」の転換(一一〇ページ三行目)など、せっかくの舞台の連続性を分断する心ない表示と言うべきだ。にもかかわらず、本訳が全篇を通して慣行の幕・場割りを不本意ながら記入することにしたのは、それが三世紀以上にわたって文学的・演劇的常識となって定着してきているから。(この解説の小文にしてから幕・場の指定に頼らざるをえなかった。)奇数ページ上欄柱の表示ももっぱら参照の便のためである。

それと、各場の初めに場所の説明を加えるのも一八世紀以来の慣行。たとえば『真夏の夜の夢』では「第一幕第一場、シーシアスの宮殿の大広間」のような。しかしそうした説明は、シェイクスピア劇の場合、無益どころか編纂者による有害な介入というべきである。各場の場所の感覚は、舞台の進行に応じて観客の想像の中に醸成される、あるいはほとんど醸成されることなく舞台は進行する。本訳が場所の説明を一切廃したのはそのためである。読者はひとりひとりが演出家になったつもりで、あるいは俳優になったつもりで、自由な想像を楽しんで、本訳を読み進めていただきたい。

『真夏の夜の夢』のテキスト

シェイクスピアの古版本

シェイクスピアの作品は、詩作品を含めて、原稿は一切残っていない。なにしろ四世紀以上もの昔のことだし、特に劇作品など舞台上演のための台本にすぎなかったわけだから、原稿の湮滅も無理からぬことだった。

それでは「作品」はどこにあるのかというと、シェイクスピアの時代に出版された古版本の中にある。その代表が、シェイクスピアの没後七年の一六二三年に出版されたシェイクスピア最初の戯曲全集で、一般に「第一・二つ折本」と呼ばれる。二つ折本(folio)は当時の印刷用全紙を二つに折った大きさの大型の版である。その「第一・二つ折本」(F1と略記)に『真夏の夜の夢』をはじめ三六篇の戯曲が収録された。

一方、単行本の出版はシェイクスピアの生前から行われていた。当時の戯曲単行本は印刷用全紙の二つ折をもう一度折って四つ折にした中型の四つ折本(quarto)が通常である。念のため付け加えると、F1収録の三六篇のうち半数の一八篇が単行本の形でF1以前に出版されている。そのほかもう一篇、F1には含まれていない四つ折本の戯曲があり、これを加えてシェイクスピアの戯曲数は三七とされてきたが、近年ではさらに二篇を加える動きが強くなった。

グーテンベルクのいわゆる「四十二行聖書」の出版がドイツのマインツ、一四五五年。それから二〇年ほどでウィリアム・キャクストンが当時ロンドン市南西の郊外ウェストミンスターに活版印刷所を開いた。その後シェイクスピアの時代まで一世紀以上、折からイギリス・ルネサンスの盛んな文運とともに出版・印刷業も発展をみたが、その作業の質ということになると、やはり一六世紀末から一七世紀初頭にかけての手工業の限界はいかんともし難かった。だいいち英語正字法の歴史からみて、綴り字がまだ固定化から遠い不安定な時代である。そこで当然、活版初期の粗雑な印刷状態からシェイクスピアの「作品」を救い上げようとする編纂の営みが、それぞれの時代の文学的、知的活力を結集する形で、四世紀にわたって営々と続けられることになった。

『真夏の夜の夢』の場合

『真夏の夜の夢』の最初の出版は一六〇〇年の四つ折単行本(Q1と略記)である。印刷の原稿(印刷所原本)は、おそらく、劇団によって上演台本化される前の段階の、作者自身による「草稿」であった。それは、ト書の描写に実際の舞台とときにずれが生じていることからわかる。そのほか、明らかにシェイクスピアの癖と思われる綴りがQ1にそのまま現れている。Q1から二〇年近くたって、シェイクスピア死後三年の一六一九年に二度目の四つ折本(Q2)が出た。版元は

Q1とは異なるが、印刷所原本に用いられたのはQ1である(この版は出版年や印刷者名を偽るなど、出版について問題が多い)。Q2にはQ1の誤植若干に訂正がみられるが、逆にあらたに六〇個所以上の誤植が生じている。このQ2がF1の『真夏の夜の夢』の印刷所原本になった。F1の印刷者はQ2と同じ印刷者だった。以上Q1↓Q2↓F1の古版本の印刷系譜から、『真夏の夜の夢』の編纂の底本は基本的にQ1に設定されなくてはならない。

Q1の印刷状態はこの時代の水準からすれば良好と言えると思うが、それでも字句の読みに問題が頻出する。ほかにも句読点やら、韻文の行分けやら、編纂者の直面する問題は応接にいとまなく続く。参考までにここではト書の問題にふれてみたい。『真夏の夜の夢』の場合、ト書の編纂にはF1との校合が特に重要である。というのも、F1はQ2を印刷所原本としているが、実際の印刷ではおそらく劇団所有の上演台本への照合が行われたはずだから。ト書の改訂、付加が約三〇個所に及んでいることからそれがわかる。したがって、Q2は本文編纂上の権威を持ち得ないのに対し、F1は上演台本に基づく権威を持ちうる場合があるということになる。

F1のト書の採否

多くの実例の中から第五幕第一場初めの二個所を取り上げる。

まず冒頭のト書「シーシアス、ヒポリタ、フィロストレート、廷臣たち、従者たち登場」(一二八ページ七行目)。F1ではここのフィロストレートがイジーアスに変更され、それに伴ってせりふの発話者名（頭書き）も‘*Ege(us)*.’（イジーアス）に（一個所訂正忘れを除いて）変更された。一三一ページ四行目のせりふ「フィロストレートを呼べ。」も「イジーアスを呼べ。」に変えられている。この変更は実際の上演時の配役の都合によるものであろう。第一幕第一場でフィロストレートを演じた俳優がそのあと別の役（ある研究者はオーベロンもしくは職人の一人としている）を演じることになり、そのためこの最終場面に出られない。そこで宮廷祝宴局長の役目をイジーアスに移した。イジーアスは若者たちの恋の騒動の張本人としての役割をすでに終えている（一二三ページ二行目のせりふ参照）。ということで、以上の推測が正しいとして、しかしF1に残された上演台本の影響を本訳者はテキスト編纂に採るべきだとは思わない。変更はあくまでも上演の都合によるもので作者の本来の意図と係わらないだろうからである。作者は、幕開きの人物配置（シーシアス、ヒポリタ、フィロストレート）を、劇的葛藤の解決後にも、円環を閉じる形でもう一度繰り返したかった。だいいち「フィロストレートを呼べ。」のせりふの変更にしてから、ここをイジーアスにしたのではブランク・ヴァースのリズムが崩れてしまう（フィロストレートは強弱強の三音節、イジーアスは同じ三音節でも弱強弱とリズムが逆）。諸版も本訳者と同じくここでのF1のト書を退けることで一致してきている。近年オックスフォード全集版（一九八六）が最終幕での父親としてのイジーアスの存在の意味を強調してF1を採り、オックスフォード分冊版（一九九四）がこれに倣っているが、本訳者にはそれは過度に文学的な解釈のように思われる。

続いて、三〇行ほど進んで、「寝に就くまで……無聊の時を縮める」（一三〇ページ一三行目―一三一ページ六行目）ための余興の演目が披露される一七行、ここで演目一覧の各項目を読み上げるのはQ1ではシーシアスである。つまりシーシアスが一覧を読んだその上でさらにコメントを加える。それがF1では読み上げるのがライサンダーに変更された。細かなことだがこれもト書（この場合は頭書き）の変更で、実際の舞台での演出が上演台本を通してF1に及んだ結果のはずである。一八世紀も後半に入って、シェイクスピア編纂での古版本照合の重要性が認識されて以来、ここでもQ1の権威を尊重してF1を退けるのが編纂の大勢となって現在に及んでいるが、本訳者はここではあえて大勢に異を立ててF1を採る編纂をした。これまで『真夏の夜の夢』の舞台を観るたび、ここでのシーシアスの演技がわたしにはいかにも辛いものにみえて仕方なかった。リストを読み上げる部分を他にまかせる方がはるかに舞台のリズムに適うはずであるというのがわたしの率直な反応だった。そうした反応がわたしには抜きがたくあって、それも一つの元になって、わたしはここでF1の変更を採ったのである。読み上げるのは劇中劇の場でもしきりに茶々を入れるライサンダーかデミートリアスのいずれかであろう、となるとライサンダーの方は第一幕第一場でも名せりふ「真実の恋はけして滑らかには進まない。」（一八ページ九行目）をまかされていることだしよりふさわしい――もちろんこの変更が直接シェイクスピアのものであるという証拠はない。舞台監督、俳優、そのほか上演の場での即興的な演出だったのかもしれない。だがたとえ即興的な演出だったとしても、このあたりは、一瀉千里の筆の勢いの「草稿」ではなかなか見えにくい舞台のリズムというものであろう。シェイクスピアは現場の感覚から当然これに賛同し、それが上演台本に残されてF1に及んだ。以上が本訳者の推論である。同じF1での変更であるが、冒頭のト書の場合とは完全に次元が異なる。なおここで本訳者と同じ編纂はオックスフォード全集版とオックスフォード分冊版。

いまの例からも、シェイクスピアのテキスト編纂がほとんど創作に匹敵するほどの文学的・演劇的営為であることが了解されたと思う。『真夏の夜の夢』なら『真夏の夜の夢』のテキストで、長い編纂の歴史を通して、すべてが同一という編纂はありえない。それは人間の顔が、同じ顔といっても、それぞれが微妙に異なるのと同様である。本訳は、本訳者の責任において編纂されたテキストによって行われた。従来のシェイクスピアの翻訳は、きついことを言うようだが、英米の諸学者編纂のテキストに安易に寄りかかったまま、それらを適当に取捨選択することでよしとしてきた嫌いがある。もちろん第五幕第一場初めに余興の演目が披露される一七行は、これまでどの訳でもシーシアスの一人ぜりふ。

ロビンとパック

本訳が他の訳と違うもう一つに、「いたずらとなったら手がつけられない」(三四ページ一二―一三行目)妖精の名前がある。すぐその前で「名前はロビン・グッドフェロー」と紹介されているが、七行後には「かわいいパックちゃん」の呼び名もみえる。それではテキスト編纂の上でどちらの名前を主に立てるか。一八世紀初頭の編纂者ニコラス・ロウ以来、伝統的にパックの方に優先が置かれ、「パック」の名前は「ハムレット」と同様、一つの意味を持ちうる文学的存在になった。しかし実際はQ1、Q2、F1ともト書・頭書きともロビン・グッドフェローの方が主になっている。パックはむしろ愛称である。本訳は、ここでもオックスフォード全集版、分冊版とともに、古版本に立ち返ってト書・頭書きでロビンを優先させる編纂をした。パックの語源が「悪霊」「魔物」に連なるところから、パックの名前の方は、愛称とは裏腹に戯曲全体の凶暴な解釈へと進む勢いを示すが、それはまたト書とは別の問題である。

名前ということでついでにもう一つ、シーシアスのカナ書きについて。Theseus の英語発音は［θíːsiəs］(シーシアス)と［θíːsjuːs］(シーシュース)と二通りある。後者の方が一般的で、有力な日本の注解も後者を採っている。しかしこの戯曲では、ブランク・ヴァースのリズムの上で、Theseus を二音節だけでなく三音節に発音しなくてはならない場合が出てくる。シーシュースではその変化に対応できない。シーシアスの方なら［θíː-siəs］／［θíː-si-æs］と音節の増減が可能になる。したがって日本語のカナ書きでもシーシアスの方が望ましい。厳密に言えば、シーシュースは誤訳ということにならざるをえない。

などと細かすぎる話になったが、シェイクスピアの編纂では神は細部に宿る。シェイクスピアの草稿の一瀉千里の筆の勢いについても、第五幕第一場の初め八四行にみられる草稿の乱雑な書き込みの検証(第二次ケンブリッジ版、一九二四)など、少しこの分野に足を踏み入れただけで興味津々の話題になるはずで、そうしたテキスト編纂に関する注解は、本訳者による対訳版「対訳・

注解　研究社シェイクスピア選集」『真夏の夜の夢』の巻に広汎にわたって収めてある。その他、原文の語義・語法等の注釈、それに背景等の説明にも遺漏なきを期した。本訳のその先に関心をおもちの読者はぜひ同書を参照していただければありがたい。

『真夏の夜の夢』の「真夏」

シェイクスピアの戯曲の題名訳では、悲劇や歴史劇ではまず問題は生じない。悲劇は主人公の名前、歴史劇は国王の名前がそのまま題名になっているから、たとえばオセロー／オセロウ／オセロなどの相違にしても、それは訳者のカナ書きの原則によるもので別に問題とするに足りない。前項で話題にしたシーシアス／シーシュースの相違はリズムに関わる特殊な例ということになる。

だが喜劇の分野では、シェイクスピアの側になにかと工夫があるぶん、訳の方でもその工夫を生かすだけの表現が必要になってくる。日本最初の完訳者坪内逍遙の訳はここでも一つの基準の役割を果してきた。『間ちがひつゞき』と『むだ騒ぎ』が、それぞれ『間違いの喜劇』／『間違いだらけ』、『から騒ぎ』になるなどはカナ書きの変化程度のバリエーションに過ぎないだろう。『恋の骨折損』を木下順二が原題の *Love's Labour's Lost* のLの頭韻を生かして『恋の苦労のからまわり』としたが、日本語ではKの子音を頭韻で繰り返しても効果が薄いと思う。しかし本訳者が逍遙訳でぜひ改めたいと思うのは『以尺報尺』と『十二夜』の二つ、両方ともこの題名ではせっかくの作者シェイクスピアの工夫がすなおに伝わってこない。

『以尺報尺』の原題は *Measure for Measure* で、新約聖書のマタイ第一章第一―二節「なんじら人を審《さば》くな、審《さば》かれざらん為なり。己《おの》がさばく審判《さばき》にて己《おのれ》もさばかれ、己《おの》がはかる量《はかり》にて己《おのれ》も量《はか》らるべし。」が出典、ここの第二節の「量《はかり／る》」がシェイクスピアの用いた英訳聖書では measure（名詞／動詞）である。つまり原題の Measure は「計量」から「（他人の罪を）裁くこと」の意味になる。逍遙は、「メジュア・フォア・メジュア」の口調子を写して「量」を「尺」に変えて「イシャク・ホウ・シャク」としたと手の内を明かしている。これくらいの「洒落っ気」は容認してもらえるだろうなどと、さすがの逍遙もここではちょっと弱気である。その後逍遙の「尺」を生かした『尺には尺を』の題名訳が出たが、わかりにくいことに変りはない。木下順二訳は『策には策を』。「策」は「策略」の意味と刑罰の笞《しもと》の意味とを二重に含めたと言っているが、たとえば策を鞭の意味に用いた「杖策《じょうさく》」の熟語などは現代ではもうきつい。わたしはいずれ訳すことになったら、もっと率直に、内容に即して、『裁きには裁きを』にしようと思っている。

『十二夜』の拙訳はすでに『宴の夜』の新しい題名訳でこのコレクションに収めた（第四巻）。原題は *Twelfth Night* である。キリスト教では、東方の三博士がキリストの降誕を拝みにエルサレムを訪れたとされる一月六日をエピファニー（公現祭）の祝日とする。一月六日はクリスマスから数えて一二日目に当るので英語で Twelfth Day とも言う。Twelfth Night はその祝賀の日の夜。エリザベス女王の宮廷では、クリスマスシーズンの祝賀行事の締めくくりとして、その夜盛大な宴を張るのが習わしだった。ただし戯曲自体の内容は公現祭とはなんの関係もない。初演の機会を宴会の余興のプログラムと結び付ける研究もあるが、もちろん筋には関係しない。題名は盛大な宴の夜の楽しみ、さらにはその宴のあとの哀愁の雰囲気ということに尽きると思う。開幕冒頭の主人公のせりふ「音楽が恋の糧《かて》であるのなら、さあ演奏してくれ、いやというほどに、食べて食べて食べ飽きて、食欲が病み衰えて死に絶えるまで。」にその情調がよく表れている。あるいは有名な道化の納めの歌のリフレイン「やっこら風《かざ》あ吹く雨は降る」にも。さて、明治初期のシェイクスピア移入から逍遙をへて現在に至るまで、一世紀以上にわたって、*Twelfth Night* の題名訳は『十二夜』でゆるぎなく定着してきた。しかし『十二夜』は、思うに、Twelfth Day を「十二日節」とした辞書的造語に倣った明治期の造語的直訳である。まさか「公現祭の夜」とするわけにもいかずやむをえない処理だったとは思うが、特に日本語の語感から具合が悪いのは「十三夜」「十五夜」に連なるイメージである。樋口一葉の名篇『十三夜』なども思い合わされ、読者・観客に要らざる先入観を与えるようで本訳者は前から気になっていた。「十二夜とは」で始まる解説での言い訳などもいたずらにわずらわしいだけだと思う。あえて新題名訳を起したのはそのためである。

以上喜劇二作の場合とは逆に、今度は逍遙訳をことさらに改めて、かえって悪訳にした（とわたしが思う）例が二つある。一つは『冬の夜ばなし』。せっかくのこの題名訳を、原題の *The Winter's Tale* を逐語訳にして『冬物語』に改め、その弊は先頃のビールの銘柄にまで及んだ。原題は冬の夜の炉ばたで語られる物語ということである。その意味は劇中のせりふにもちゃんと仕込まれている。主人公の経験する長く厳しい人生を「冬」に表象するなどの解は強弁に過ぎる。逍遙の感覚はここではさすがだった。筑摩書房の旧「シェイクスピア全集」では『冬の夜語り』(福原麟太郎・岡本靖正訳)。わたしの題名訳も『冬の夜ばなし』から断然動かない。というところで、ようやくもう一つの例である表題の『真夏の夜の夢』の「真夏」の話に入る。

原題 *A Midsummer Night's Dream* の Midsummer は文字どおり(mid = middle)「真夏」、「盛夏」、さらに「夏至」の意味。夏至六月二一日(または二二日)はヨーロッパ各地に太陽神崇拝に基づく古くからの民間行事があった。それらの行事はキリスト教の普及とともに洗礼者ヨハネの生誕を祝う六月二四日の聖ヨハネ祭に移行した。これは冬至の行事がクリスマスに吸収されたのと軌を一にする。その聖ヨハネ祭＝夏至祭の前夜、つまり六月二三日夜が Midsummer Night / Eve で、多くの俗信やら無礼講の風習やらが伝えられている。妖精や魔女が地上に現れる、その夜に採取する薬草には特に効能がある、また男女が森に入って恋を語るのが黙認される、等々。それらのいちいちがこの劇の背景になっているが、劇中にその夜への直接的な言及はない。劇の時の設定は、第四幕第一場に入って、五月祭前夜であることが明らかになる(一一七ページ一〇行目)。

五月祭の五月一日もまた、前夜から早朝にかけてヨーロッパ各地で多彩な行事がみられたが、自然の復活・再生という面から夏至祭の民間行事と多く共通している。ついでながら、キリスト教はこの異教の風習を、夏至祭の場合と同じく、復活祭から五週間後の祈願節、五〇日後の聖霊降誕祭に取り込んだ。ともあれシーシアスの狩の角笛の音で眠っていた四人の男女が目を覚ますと(一二〇ページ四行目)、そこは夜の暗闇の混沌から一転して初夏のすがすがしい朝である(付け加えれば劇中の夜が闇夜だったのか月夜だったのか、それもじつは混沌としていた)。そこでは五月の陽光のもとすべてが明確な姿を現わしているかにみえるが、しかし男の一人が言う、「ねえ、ぼくたちは本当に目が覚めているのだろうか。まだ眠っているみたいだ、夢の中にいるみたいだ」(二二四ページ三―五行目)。それはもちろん四人の男女だけのことではない。登場人物の全員、そして劇場の観客の全員(もしもこれが祝婚劇であるとすれば参会者の全員)も、ボトムの言う「底なしの夢」(二二五ページ一〇行目)の世界にいる。五月祭の背景といっても依然として夢の中だ。A *Midsummer Night's Dream* は、恋の狂熱の「夢物語」というのがこの題名に託した作者の思いであったろう。ここでは A の不定冠詞が効いている。二重三重の劇中劇的構成からも、シェイクスピアにとって「一場の夢」はまことに適切な表現だった。

というような事情を踏まえて、それでは題名の Midsummer をどう訳したらよいか。夏至祭前夜の民間行事の無礼講への連想をあてこんで「夏至祭(あるいは聖ヨハネ祭)」と訳したところでわれわれ現代の日本人にはまるでわからない。となると、せめてこれを「真夏」として恋の狂熱を示唆しようとした逍遙の訳語の選択は、まことにぎりぎりのみごとな工夫だったと思う。『宴の夜』第三幕第四場にも 'very midsummer madness' の表現が、また『お気に召すまま』第四幕第一場にも 'hot midsummer night' の表現があって、いずれも真夏の熱に浮かされた狂乱を意味していた。

しかるに逍遙ののち一九四〇年の土居光知訳が、背景の五月祭のイメージをそのまま律義に信じ込んで、「四月末の夜は、我が国の春の夜の如く、草木の花は咲きみだれ、馨りが森にみち、夜鶯がうたっている。夏至の夜と雖《いえど》も英国の夜は暑からず寒からず、まことに快適である。」として題名訳を『夏の夜の夢』に改め、一九六〇年の福田恆存訳もこれに追従した（「英国の夏は大したことはない。どんなに暑くても、日本の初夏の爽やかさである、云々」）。その後も、味もそっけもなく散文的で、『平家物語』の「春の夜」のあぶくみたいに儚い『夏の夜の夢』の改悪題名訳が一般に通用していることを、本訳者はまことにもって遺憾とする。坪内逍遙に返って本訳が『真夏の夜の夢』を題名訳とした所以である。

この「研究社シェイクスピア・コレクション」シリーズ（全十巻）は、『対訳・注解　研究社シェイクスピア選集』全十巻（二〇〇四―二〇〇九年刊）の訳の部分を抜き出して、再編したものです。各巻とも新しい解説を加えました。

本書の一部には、今日の価値観や社会情勢に照らして、不当、不適切と思われる表現があります。これは、作品の性質、時代背景を考慮し、原文の忠実な再現を心がけた結果であることをご了承ください。

《訳 者 紹 介》

大 場 建 治（おおば　けんじ）

1931 年生まれ。明治学院大学名誉教授・演劇評論家。著書に、『ロンドンの劇場』（研究社）、『シェイクスピアへの招待』（東書選書）、『エドマンド・キーン伝』（晶文社）、『シェイクスピアの贋作』（岩波書店）、『シェイクスピアを観る』（岩波新書）、『シェイクスピアの墓を暴く女』（集英社新書）、『シェイクスピアの翻訳』（研究社）など、ほかに戯曲の翻訳等多数。

KENKYUSHA

〈検印省略〉

研究社シェイクスピア・コレクション 2
真《ま》夏《なつ》の夜《よ》の夢《ゆめ》

二〇一〇年四月二三日　初版発行

著　者　大《おお》場《ば》建《けん》治《じ》
発行者　関　戸　雅　男
発行所　株式会社　研　究　社
〒一〇二―八一五二
東京都千代田区富士見二―一一―三
電話　（編集）〇三―三二八八―七七一一
　　　（営業）〇三―三二八八―七七七七
振替　〇〇一五〇―九―二六七一〇
http://www.kenkyusha.co.jp/
装丁　金　子　泰　明
印刷所　研究社印刷株式会社

ISBN 978-4-327-18022-5　C0398
Printed in Japan